A PENA MÁGICA DE GWENDY

RICHARD CHIZMAR

A PENA MÁGICA DE GWENDY

PREFÁCIO
Stephen King

TRADUÇÃO
Regiane Winarski

Copyright © 2022 by Richard Chizmar
Copyright das ilustrações © 2022 by Keith Minnion e Ben Baldwin

Grafia atualizada segundo o Acordo Ortográfico da Língua Portuguesa de 1990, que entrou em vigor no Brasil em 2009.

Título original
Gwendy's Magic Feather

Capa e projeto gráfico
Desert Isle Design, LLC

Ilustrações
Keith Minnion

Imagem de capa
Ben Baldwin

Preparação
Jana Bianchi

Revisão
Adriana Bairrada
Marise Leal

Dados Internacionais de Catalogação na Publicação (CIP)
(Câmara Brasileira do Livro, SP, Brasil)

> Chizmar, Richard
> A pena mágica de Gwendy / Richard Chizmar ; prefácio Stephen King ; tradução Regiane Winarski. — 1ª ed. — Rio de Janeiro : Suma, 2022.
>
> Título original: Gwendy's Magic Feather
> ISBN 978-85-5651-143-0
>
> 1. Ficção policial e de mistério (Literatura norte-americana). I. Título.

22-104654   CDD-813.0872

Índice para catálogo sistemático:
1. Ficção policial e de mistério : Literatura
    norte-americana   813.0872

Maria Alice Ferreira – Bibliotecária – CRB-8/7964

[2022]
Todos os direitos desta edição reservados à
EDITORA SCHWARCZ S.A.
Praça Floriano, 19, sala 3001 — Cinelândia
20031-050 — Rio de Janeiro — RJ
Telefone: (21) 3993-7510
www.companhiadasletras.com.br
www.blogdacompanhia.com.br
facebook.com/editorasuma
instagram.com/editorasuma
twitter.com/Suma_BR

*Para Kara, Billy e Noah,
a Magia da minha vida*

COMO GWENDY ESCAPOU DO ESQUECIMENTO

Stephen King

Escrever histórias é basicamente brincar. O trabalho pode entrar em jogo quando o escritor vai ao que interessa, mas quase sempre começa com uma simples brincadeira de faz de conta. Você começa com um "e se" e se senta à mesa para descobrir aonde esse "e se" leva. Precisa de leveza, mente aberta e esperança no coração.

Quatro ou cinco anos atrás (não lembro exatamente, mas deve ter sido enquanto eu ainda estava trabalhando na trilogia Bill Hodges), comecei a brincar com a ideia de uma Pandora moderna. Como você deve lembrar, ela foi a garotinha curiosa que obteve uma caixa mágica; quando sua maldita curiosidade (a maldição da raça humana) a fez abri-la, todos os males do mundo saíram de dentro dela. O que aconteceria, eu me perguntei, se uma garotinha moderna ganhasse uma caixa dessas, dada a ela não por Zeus, mas por um estranho misterioso?

Adorei a ideia e me sentei para escrever uma história chamada *A pequena caixa de Gwendy*. Se você me perguntasse de onde veio o nome Gwendy, eu não

PREFÁCIO

saberia dizer, assim como não sei dizer quando escrevi as primeiras vinte ou trinta páginas originais. Eu talvez estivesse pensando em Wendy Darling, a amiguinha do Peter Pan, ou em Gwyneth Paltrow, ou o nome pode só ter surgido na minha cabeça (como John Rainbird em *A incendiária*). De qualquer modo, visualizei uma caixa com um botão de cor diferente para cada uma das grandes áreas de terra do planeta; era apertar um deles e uma coisa ruim aconteceria no continente correspondente. Acrescentei um preto que destruiria tudo e, só para manter o interesse da pessoa que estivesse com a caixa, pequenas alavancas nas laterais que liberariam prêmios viciantes.

Talvez eu também estivesse pensando no meu conto favorito de Fredric Brown, "The Visitor". Nele, um cientista envolvido na criação de uma superbomba abre a porta para um estranho de madrugada que suplica para que ele pare o que está fazendo. O cientista tem um filho que tem, como diríamos agora, "deficiência intelectual". Depois que o cientista manda o visitante embora, vê o filho brincando com um revólver carregado. A última frase da história é "Só um louco daria uma arma carregada para um idiota".

A pequena caixa de Gwendy é essa arma carregada — e, embora ela esteja longe de ser idiota, ainda é uma criança, caramba. O que ela faria com aquela caixa?, me

PREFÁCIO

perguntei. Quanto tempo levaria para ela ficar viciada nos prêmios que a caixa liberava? Quanto tempo até a curiosidade fazer com que ela apertasse um daqueles botões, só para ver o que poderia acontecer? (Acabou sendo em Jonestown.) E será que ela começaria a ficar obcecada pelo botão preto, o que destruiria tudo? Será que a história terminaria com Gwendy, talvez depois de um dia bem ruim, apertando aquele botão e gerando o apocalipse? Será que isso seria tão absurdo num mundo em que existe um arsenal nuclear capaz de destruir toda a vida na Terra por milhares de anos? E onde, quer a gente goste de admitir ou não, algumas das pessoas com acesso a essas armas não batem muito bem?

A história foi bem no começo, mas comecei a ficar sem combustível. Isso não acontece com frequência comigo, mas *acontece* de tempos em tempos. Devo ter mais de vinte contos inacabados (e pelo menos dois livros) que desistiram de mim. (Ou talvez eu tenha desistido deles.) Acho que eu estava no ponto em que Gwendy está tentando pensar em como manter a caixa escondida dos pais. Tudo começou a ficar complicado demais. Pior ainda, eu não sabia o que viria depois. Parei de trabalhar na história e fui me dedicar a outra coisa.

O tempo passou; talvez dois anos, talvez um pouco mais. De vez em quando, eu pensava em Gwendy e na caixa mágica perigosa, mas nenhuma ideia nova surgiu,

PREFÁCIO

e a história ficou na área de trabalho do meu computador do escritório, no cantinho da tela. Não apagada, mas definitivamente ignorada.

Um dia, recebi um e-mail de Rich Chizmar, criador e editor da *Cemetery Dance* e autor de uns contos muito bons do gênero de fantasia/horror. Ele sugeriu (casualmente, acho, sem nenhuma expectativa real de eu aceitar) que colaborássemos em uma história em algum momento, ou que eu talvez gostasse de participar de um escalonamento circular, em que uma série de escritores trabalha para criar uma única peça de ficção. A ideia do escalonamento não me atraiu muito porque esse tipo de história raramente é interessante, mas a ideia da colaboração me pegou. Eu conhecia o trabalho do Rich, sabia como ele era bom com cidades pequenas e vida de classe média do subúrbio. Ele evocava sem esforço churrascos de quintal, crianças de bicicleta, idas ao Walmart, famílias comendo pipoca na frente da televisão... e abre um buraco nisso tudo introduzindo um elemento sobrenatural e uma pontada de horror. Rich escreve histórias em que a Vida Boa de repente fica brutal. Pensei que se havia alguém capaz de terminar a história de Gwendy, esse alguém seria ele. E, devo admitir, fiquei curioso.

Em suma, ele fez um trabalho brilhante. Reescrevi um pouco da parte dele, ele reescreveu um pouco da

PREFÁCIO

minha, e chegamos a uma pequena pedra preciosa. Sempre serei grato a ele por não permitir que Gwendy tivesse uma morte prolongada e lenta no canto inferior direito da área de trabalho do meu computador.

Quando ele sugeriu que talvez a história dela pudesse ir além, fiquei interessado, mas não totalmente convencido. Sobre o que seria? Eu queria saber. Ele me perguntou o que eu acharia se Gwendy, agora adulta, fosse eleita para a Câmara dos Representantes dos Estados Unidos e a pequena caixa fizesse uma reaparição na vida dela... junto com o proprietário misterioso do objeto, o homem do chapeuzinho preto.

A gente sabe quando é o certo, e aquilo era tão perfeito que fiquei com inveja (não muito, mas um pouco, sim). A posição de poder de Gwendy na máquina política ressoava com a pequena caixa. Falei para ele que parecia ótimo e que ele devia ir em frente. Na verdade, é provável que eu tivesse dito o mesmo se ele tivesse sugerido uma história em que Gwendy vira astronauta, passa por uma dobra espacial e acaba indo parar em outra galáxia. Porque Gwendy é tanto do Rich quanto é minha. Provavelmente mais dele porque, sem a intervenção dele, ela nem existiria.

Na história que você vai ler agora (sorte sua!), todas as habilidades formidáveis de Rich estão evidentes. Ele evoca Castle Rock muito bem, e os homens e as mu-

PREFÁCIO

lheres que habitam a cidade parecem verdadeiros. Nós conhecemos essas pessoas e gostamos delas. Também gostamos de Gwendy. Para falar a verdade, eu meio que me apaixonei por ela, e estou feliz da vida de ela ter voltado.

Stephen King
17 de maio de 2019

1

Na quinta-feira, 16 de dezembro de 1999, Gwendy Peterson acorda antes do sol, veste-se em várias camadas por causa do frio e sai para correr. Houve uma época em que ela andava mancando de leve graças a uma lesão no pé direito, mas seis meses de fisioterapia e palmilhas ortopédicas nos tênis favoritos de corrida da New Balance cuidaram desse probleminha. Agora, corre pelo menos três ou quatro vezes por semana, preferivelmente ao amanhecer, quando a cidade está começando a abrir os olhos.

Muitas coisas aconteceram nos quinze anos desde que Gwendy se formou na Universidade Brown e se mudou da cidade natal, Castle Rock, no Maine, mas temos bastante tempo para contar essa história. Agora, vamos acompanhar a corrida dela pela cidade.

A PENA MÁGICA DE GWENDY

Depois de se alongar nos degraus de concreto da casa alugada, Gwendy corre pela rua nove, os pés batendo em um ritmo regular na rua coberta de sal, até chegar à avenida Pennsylvania. Ela vira para a esquerda, passa pelo Memorial da Marinha e pela Galeria Nacional de Arte. Mesmo no meio do inverno, os museus estão todos bem iluminados, os caminhos de cascalho e de asfalto sempre limpos; nossos dólares de impostos trabalhando.

Quando Gwendy chega ao Mall, ela aumenta o ritmo, sentindo a leveza nos pés e o poder nas pernas. O rabo de cavalo aparece por baixo do gorro de inverno e bate nas costas do moletom a cada passo que dá. Ela corre em paralelo ao Espelho d'Água sem ver as famílias de patos e outras aves que o fazem de lar nos meses quentes de verão e vai na direção da sombra do obelisco do Monumento de Washington. Fica no caminho iluminado, contorna o famoso ponto turístico e segue para o leste na direção do Capitólio. Os Museus Smithsonian ocupam os dois lados do Mall ali, e ela se lembra da primeira vez que visitou Washington.

Tinha feito dez anos naquele verão, e ela e os pais passaram três dias longos e suados explorando a cidade do amanhecer ao anoitecer. No fim de cada dia, desmoronavam nas camas do hotel e pediam serviço de quarto, um luxo inédito para a família Peterson, porque estavam exaustos demais para tomar banho e sair para

A PENA MÁGICA DE GWENDY

jantar. Na última manhã, o pai surpreendeu a família com ingressos para um dos passeios de ecotáxi pela cidade. Os três se espremeram num riquixá apertado tomando sorvete de casquinha e rindo enquanto o guia pedalava pelo Mall.

Nunca em um milhão de anos Gwendy sonhou que um dia moraria e trabalharia na capital da nação. Se alguém perguntasse a possibilidade de aquilo acontecer, mesmo que dezoito meses antes, ela teria respondido com um sonoro não. *A vida é mesmo engraçada*, pensa ela, cortando por um caminho de cascalho na direção da rua nove. Cheia de surpresas... e nem todas boas.

Deixando o Mall para trás, Gwendy inspira ar gelado para os pulmões e acelera o passo no trecho final até em casa. A ruas estão vivas agora, cheias de gente saindo cedo para trabalhar, moradores de rua surgindo de suas caixas de papelão e o barulho e chiado de caminhões de lixo passando. Gwendy vê as luzes de Natal multicoloridas cintilando no janelão dela, lá na frente, e dá um sprint. Seu vizinho do outro lado da rua levanta a mão e grita para ela, mas Gwendy não vê nem ouve. Suas pernas se dobram com graça fluida e força, mas sua mente está longe naquela manhã fria de dezembro.

2

MESMO DE CABELO ÚMIDO e quase sem maquiagem no rosto, Gwendy é linda. Atrai uma série de olhares apreciativos (sem contar alguns abertamente invejosos) parada no canto do elevador lotado. Se sua velha amiga Olive Kepnes ainda estivesse viva (mesmo depois de tantos anos, Gwendy ainda pensa nela quase todos os dias), diria para Gwendy que ela parecia valer um milhão de dólares e mais uns trocados. E ela estaria certa.

Usando uma calça cinza lisa, uma blusa branca de seda e sapatos de saltos baixos (o que a mãe chama de sapatos sensatos), Gwendy parece ter dez anos a menos do que seus trinta e sete. Ela argumentaria vigorosamente com qualquer um que dissesse isso, mas os protestos seriam em vão. Era a pura verdade.

A PENA MÁGICA DE GWENDY

O elevador emite um sinal sonoro e a porta se abre no terceiro andar. Gwendy e duas outras pessoas saem e se juntam a um pequeno grupo de funcionários esperando na fila em um ponto de verificação de segurança isolado por uma corda. Um guarda corpulento usando um distintivo e uma arma está parado na porta, conferindo crachás. Uma guarda jovem está posicionada alguns metros atrás dele, olhando para uma tela de vídeo enquanto os funcionários passam entre as estruturas verticais de um detector de metais.

Quando chega a vez de Gwendy, ela pega uma identidade plastificada da bolsa de couro e a entrega para o guarda.

— Bom dia, congressista Peterson. Dia cheio hoje? — Ele escaneia o código de barras e devolve o documento para ela com um sorriso simpático.

— Todos são cheios, Harold. — Ela dá uma piscadinha. — Você sabe disso.

O sorriso dele se alarga e expõe um par de dentes da frente de ouro.

— Ei, eu não conto se você não contar.

Gwendy ri e sai andando. De trás dela:

— Diz para aquele seu marido que mandei um oi.

Ela olha para trás e reajusta a bolsa no ombro.

— Pode deixar. Com sorte, ele volta a tempo pro Natal.

A PENA MÁGICA DE GWENDY

— Deus te ouça — diz Harold e se persigna. Depois se vira para o funcionário seguinte e escaneia a identidade dele. — Bom dia, congressista.

3

A SALA DE GWENDY é espaçosa e organizada. As paredes são pintadas de um amarelo suave e decoradas com um mapa emoldurado do Maine, um espelho quadrado com bordas de prata e um pingente da Universidade Brown. Luzes fortes e quentes iluminam uma mesa de mogno no centro da parede oposta. Em cima dela há uma luminária com cúpula, um telefone, um *planner* diário, um computador com teclado e várias pilhas de papéis. Do outro lado da sala há um sofá de couro escuro. Diante dele, uma mesinha de centro coberta de revistas espalhadas. Também tem um arquivo de três gavetas no cantinho e uma estante pequena cheia de livros de capa dura, bibelôs e fotografias em porta-retratos. A primeira das duas maiores fotos mostra Gwendy bronzeada e sorridente de braços dados com

A PENA MÁGICA DE GWENDY

um belo homem barbado no desfile de Quatro de Julho de Castle Rock dois anos antes. A segunda é de Gwendy bem mais jovem, parada na frente da mãe e do pai na base do Monumento de Washington.

Gwendy se senta à mesa, o queixo apoiado nas mãos entrelaçadas, e olha para a fotografia dela com os pais em vez de para o relatório aberto à sua frente. Depois de um momento, suspira, fecha a pasta e a empurra para o lado.

Ela tecla uma série de botões e abre o e-mail. Depois de passar os olhos pelas dezenas de avisos na caixa de entrada, para em uma mensagem da mãe. O horário diz que foi recebida dez minutos antes. Clica duas vezes nela e uma digitalização de um artigo de jornal ocupa a tela do monitor.

The Castle Rock Call
Quinta-feira — 16 de dezembro de 1999
AINDA NÃO HÁ SINAL DAS DUAS GAROTAS DESAPARECIDAS

Apesar da busca por todo o país e de dezenas de dicas de cidadãos preocupados, não houve progresso no caso das duas garotas sequestradas no condado de Castle.

A PENA MÁGICA DE GWENDY

A vítima mais recente, Carla Hoffman, 15, da alameda Juniper, em Castle Rock, foi levada do quarto na noite de terça-feira, 14 de dezembro. Pouco depois das seis da tarde, o irmão mais velho dela atravessou a rua para visitar um colega de escola. Quando voltou para casa menos de quinze minutos depois, encontrou a porta dos fundos arrombada, e a irmã tinha desaparecido.

"Estamos trabalhando sem parar para encontrar essas meninas", comentou o xerife de Castle Rock, Norris Ridgewick. "Trouxemos policiais de cidades vizinhas e estamos organizando buscas adicionais."

Rhonda Tomlinson, 14, de Bridgton, que fica ali perto, desapareceu voltando da escola na tarde de terça-feira, 7 de dezembro...

Gwendy franze a testa para a tela do computador. Já viu o suficiente. Fecha o e-mail e começa a se virar... mas hesita. Clica no teclado, muda para E-MAILS SALVOS e usa o direcional para descer pela tela. Depois do que parece uma eternidade, chega a outro e-mail da mãe, com data de 19 de novembro de 1998. A linha de assunto diz: PARABÉNS!

Ela o abre e clica duas vezes em um link. Uma janelinha escura com *Good Morning, Boston* escrito atravessado surge no centro do monitor. Um vídeo em baixa resolução começa a rodar, e a música de abertura do programa *Good Morning, Boston* explode nos alto-falantes. Gwendy abaixa o volume rapidamente.

Na tela, Gwendy e a apresentadora do programa matinal popular, Della Cavanaugh, estão sentadas de frente uma para a outra em poltronas de couro de encosto reto. As duas estão de pernas cruzadas, com microfones presos nas golas. Tem uma faixa no alto da tela: GAROTA DA CIDADE SE DESTACA.

Gwendy faz uma careta quando ouve o som da própria voz no vídeo, mas não o desliga. Reajusta o volume, recosta na cadeira e se vê ser entrevistada, lembrando como foi estranho (e perturbador) contar a história da vida dela para milhares de desconhecidos…

4

DEPOIS DE SE FORMAR na Brown na primavera de 1984, Gwendy passa o verão trabalhando em meio expediente em Castle Rock antes de começar a frequentar a Oficina de Escritores de Iowa no início de setembro. Nos três meses seguintes, ela se concentra nos estudos e começa a escrever os capítulos iniciais do que virá a ser seu primeiro livro, um drama familiar multigeracional que se passa em Bangor.

Quando a oficina termina, ela volta para casa em Castle Rock para passar as festas de fim de ano, faz a tatuagem de uma pena pequena ao lado da cicatriz no pé direito (falaremos mais sobre essa pena adiante) e começa a procurar emprego em tempo integral. Recebe uma série de propostas interessantes e logo escolhe uma firma de propaganda e relações públicas em ascensão na próxima Portland.

A PENA MÁGICA DE GWENDY

No final de janeiro de 1985, o sr. Peterson segue Gwendy pela interestadual (puxando um trailer de carga repleto de móveis de segunda mão, caixas de papelão cheias de roupas e mais sapatos do que uma pessoa só deveria ter) e a ajuda a se mudar para um apartamento alugado no segundo andar de um prédio no centro.

Gwendy começa a trabalhar na semana seguinte. Logo demonstra ter talento natural para o jogo da propaganda, e ao longo dos dezoito meses seguintes é promovida duas vezes. No meio do segundo ano, está viajando para lá e para cá pela costa leste para se reunir com clientes VIP e é listada no papel timbrado da empresa como Gerente Executiva de Contas.

Apesar do horário caótico, o manuscrito inacabado nunca sai da mente de Gwendy. Ela fantasia sobre ele com frequência e trabalha nele em cada tempinho livre que arruma: voos longos, fins de semana, dias de nevasca incomuns e uma ou outra noite de dia de semana em que o volume de trabalho permite.

Em uma festa de fim de ano de trabalho em dezembro de 1987, seu chefe, numa conversa educada, apresenta Gwendy para um velho amigo de faculdade e cita que sua funcionária de destaque não é só uma gerente de contas de primeira como também aspirante a escritora. O velho amigo por acaso é casado com uma agente literária, e ele chama a esposa e a apresenta a

A PENA MÁGICA DE GWENDY

Gwendy. Aliviada por ter uma companheira amante de livros com quem conversar, a agente gosta de Gwendy na mesma hora e, no fim da noite, convence a aspirante a escritora a enviar para ela as cinquenta primeiras páginas do manuscrito.

Quando a segunda semana de janeiro começa e o telefone de Gwendy toca certa tarde, ela fica chocada ao descobrir a agente literária na linha perguntando o paradeiro das tais primeiras cinquenta páginas. Gwendy explica que achou que a agente só estava sendo educada e que não queria acrescentar mais um livro não publicado à pilha de manuscritos para avaliação. A agente garante a Gwendy que nunca fala só por educação quando o assunto é seu material de leitura e insiste para que ela envie o trecho do livro imediatamente. Por isso, no mesmo dia, Gwendy imprime os três primeiros capítulos do livro, coloca em um envelope da FedEx com entrega para o dia seguinte e o envia. Dois dias depois, a agente liga e pede para ver o resto do manuscrito.

Só tem um problema: Gwendy não terminou de escrever o livro.

Em vez de admitir isso para a agente, ela tira o dia seguinte, uma sexta-feira, de folga no trabalho (é a primeira vez que Gwendy faz isso) e passa um fim de semana prolongado tomando Pepsi Diet aos litros e escrevendo como louca para terminar os últimos seis capítulos. Durante o intervalo de almoço na segunda, Gwendy imprime as quase trezentas páginas do resto do projeto e as coloca em uma caixa da FedEx.

Vários dias depois, a agente liga e se oferece para representar Gwendy. O resto, como dizem, é história.

Em abril de 1990, o livro de estreia de Gwendy Peterson, de vinte e oito anos, *Verão da libélula*, é publicado em capa dura com críticas ótimas e vendas não muito impressionantes. Alguns meses depois, ganha o prestigiado Prêmio Robert Frost, concedido anualmente a "um trabalho de mérito literário exemplar" pela Sociedade Literária da Nova Inglaterra. Essa honra vende talvez (e nem chega bem a um *talvez*) algumas centenas de exemplares a mais e gera um destaque bonito na capa da edição em brochura. Em outras palavras, não gera fortuna alguma.

Mas isso muda com o lançamento do segundo livro de Gwendy, um thriller suburbano chamado *Vigília noturna*, publicado no outono seguinte. Críticas estelares e vendas fortes no boca a boca o fazem subir na lista de mais vendidos do *New York Times* por quatro semanas consecutivas, onde se acomoda confortavelmente entre livros com megavendas de Sidney Sheldon, Anne Rice e John Grisham.

No ano seguinte, 1993, acontece a publicação do terceiro e mais ambicioso livro de Gwendy, *Um beijo*

A PENA MÁGICA DE GWENDY

no escuro, um thriller robusto de seiscentas páginas que se passa em um navio de cruzeiro. O livro ganha uma viagem de volta para a lista de mais vendidos, desta vez por seis semanas, e pouco tempo depois a versão cinematográfica de *Vigília noturna*, com Nicholas Cage como o marido traído de subúrbio, chega aos cinemas a tempo das férias.

Nesse ponto da carreira, Gwendy está pronta para dar o salto para o meio dos grandes da indústria do entretenimento. Sua agente espera uma proposta de sete dígitos no leilão do livro seguinte dela, e tanto *Verão da libélula* quanto *Um beijo no escuro* estão em desenvolvimento por grandes estúdios de cinema. Ela só precisa seguir o ritmo, como o pai gosta de dizer.

Mas ela muda de direção e surpreende todo mundo.

Um beijo no escuro é dedicado a um homem chamado Johnathon Riordan. Anos antes, quando Gwendy começou a trabalhar na agência de propaganda, foi Johnathon que a colocou debaixo da asa e ensinou o básico do mundo da propaganda. Em uma época em que poderia facilmente tê-la visto como uma competidora direta (principalmente com a proximidade de idade deles; Johnathon era só três anos mais velho do que Gwendy), ele fez amizade com ela e passou a ser seu maior aliado, tanto dentro quanto fora do escritório. Quando Gwendy trancou a chave no carro pela segunda vez em poucos dias, quem ela chamou para pedir ajuda? Johnathon. Quando precisou de conselhos sérios sobre encontros, quem convocou? Johnathon. Os dois passaram inúmeras noites depois do trabalho comendo comida chinesa direto na caixa e vendo comédias românticas no apartamento de Gwendy. Quando ela vendeu seu primeiro livro, Johnathon foi a primeira pessoa para quem contou, e quando ela fez a primeira noite de autógrafos, ele foi o primeiro da fila na livraria. Com o passar do tempo e o estreitamento do relacionamento, Johnathon passou a ser o irmão mais velho que Gwendy nunca teve, mas sempre quis ter. E aí ele ficou doente. E, nove meses depois, morreu.

É aqui que a surpresa entra na história.

Inspirada pela morte relacionada à aids do melhor amigo, Gwendy pede demissão da agência de propaganda e passa os oito meses seguintes escrevendo memórias de não ficção sobre a vida inspiradora de Johnathon como jovem gay e as circunstâncias trágicas do falecimento dele. Quando termina, ainda sem ter superado a dor, ela se dedica imediatamente a dirigir um documentário baseado na história de Johnathon.

Familiares e amigos ficam surpresos, mas não surpresos. A maioria parece explicar a nova paixão com a declaração simples e batida: "É só Gwendy sendo Gwendy". Já a agente, apesar de nunca dizer claramente (não seria solidário, sem mencionar a grosseria), fica

A PENA MÁGICA DE GWENDY

profundamente decepcionada. Gwendy estava na pista de alta velocidade para o estrelato e desviou para abordar um tópico tão controverso e inconveniente quanto a epidemia de aids.

Mas Gwendy não se importa. Uma pessoa importante disse para ela uma vez: "Você ainda tem muitas coisas a dizer para o mundo... e o mundo vai ouvir". E Gwendy Peterson acredita nisso.

Olhos fechados: a história de Johnathon é publicado no verão de 1994. Ganha críticas positivas na *Publishers Weekly* e na *Rolling Stone*, mas as vendas são mais lentas nas cadeias de livrarias nacionais. No fim de agosto, é demovido para cestos de ofertas nos fundos da maioria das lojas.

O documentário homônimo se sai bem diferente. Lançado pouco depois do livro, o filme lota plateias de festival e ganha um Oscar de melhor documentário. Quase cinquenta milhões de espectadores veem Gwendy fazer seu discurso lacrimoso. Ela passa a maior parte dos meses seguintes dando entrevistas para publicações nacionais e aparecendo em vários programas de entrevistas matinais e noturnos. Sua agente fica feliz da vida. Ela voltou para a pista veloz e está com mais demandas do que nunca.

Gwendy conhece Ryan Brown, um fotógrafo profissional de Andover, Massachusetts, durante a filmagem do documentário *Olhos fechados*. Os dois iniciam uma amizade fácil que, numa virada imprevista de eventos para os dois, vira um relacionamento amoroso.

Em uma manhã de céu limpo em novembro, enquanto fazem uma trilha nas margens do rio Royal, perto de Castle Rock, Ryan tira um anel de diamantes da mochila, apoia-se em um joelho e a pede em casamento. Gwendy, com lágrimas e catarro escorrendo pelo rosto, fica tão mergulhada no momento que não consegue emitir uma única palavra. Então Ryan, sempre bem-humorado, apoia-se em outro joelho e pede de novo.

— Eu sei o quanto você gosta de surpresas, Gwennie. E aí, o que me diz? Quer passar o resto da vida comigo?

Desta vez, Gwendy encontra a voz.

Eles se casam no ano seguinte na igreja dos pais dela no centro de Castle Rock. A recepção acontece no Castle Inn e, apesar de o irmão mais novo de Ryan beber demais e quebrar o tornozelo na pista de dança, todos se divertem muito. O pai da noiva e o pai do noivo se aproximam devido a uma admiração mútua pelos faroestes de Louis L'Amour e as duas mães passaram o dia dando risadinhas como se fossem irmãs. A maioria das pessoas prevê que, agora que Gwendy se casou, vai sossegar e se concentrar em escrever romances de novo.

A PENA MÁGICA DE GWENDY

Mas Gwendy Peterson ama surpresas... e tem mais uma na manga.

Motivada pela raiva ardente e frustração com a forma cruel e discriminatória com que muitas das vítimas de aids continuam sendo tratadas (ela fica particularmente irritada porque o Congresso votou recentemente para manter a proibição de entrada no país de pessoas que vivem com o HIV, enquanto mais de dois milhões e meio de casos de aids são relatados globalmente), Gwendy decide, com a bênção do marido, concorrer a um cargo político.

Não é nem necessário dizer que a agente dela não fica nada feliz.

Gwendy mergulha de cabeça em uma campanha de base, que logo pega fogo. Voluntários aparecem em quantidade inédita e as campanhas de arrecadação inicial excedem todas as expectativas. Como um especialista notoriamente muquirana observa: "Peterson, com carisma ilimitado e energia similar, não só conseguiu mobilizar o voto jovem e o voto indeciso como também encontrou uma forma de despertar os meramente curiosos. E, em um estado tão tradicional quanto o Maine, isso pode acabar se mostrando a chave para o sucesso".

Acontece que ele está certo. Em novembro de 1998, por uma margem de menos de quatro mil votos, Gwendy Peterson derruba o titular republicano James

A PENA MÁGICA DE GWENDY

Leonard e ganha a vaga no Congresso do Distrito 1 do Maine. No mês seguinte, dias depois do Natal, ela se muda para Washington, capital do país.

Essa é a história de como Gwendy agora está há onze meses e oito dias num mandato de dois anos no Congresso, tentando vender suas ideologias idealistas (como a Fox News as chamou na transmissão da noite anterior) para quem quiser ouvir, e muitas vezes sendo chamada (com um toque de desprezo não muito sutil) de Congressista Celebridade.

O interfone na mesa toca e arranca Gwendy da máquina do tempo. Ela se embanana com o teclado, fecha a janela do vídeo na tela do computador e aperta um botão que está piscando no telefone.

— Sim?

— Desculpe incomodar, mas você tem uma reunião com Regras e Registros em sete minutos.

— Obrigada, Bea. Já vou.

Gwendy olha para o relógio de pulso sem acreditar. *Meu Deus, você acabou de desperdiçar quarenta e cinco minutos da sua manhã. O que deu em você?* É uma pergunta que tem feito para si mesma com muita frequência. Ela pega duas pastas pardas em cima da pilha e sai apressada do escritório.

5

Como costuma acontecer naquele canto do mundo, uma reunião anterior está atrasada, e Gwendy chega com bastante tempo de sobra. Mais de vinte representantes da Câmara estão espremidos no corredor estreito esperando para entrar na sala de reuniões C-9; ela para ao lado do bebedouro no saguão externo, querendo revisar suas anotações com privacidade. Mas não dá sorte, como no resto da manhã.

— Se esqueceu de fazer o dever de casa ontem à noite, mocinha?

Ela cerra os dentes e ergue o olhar da pasta aberta.

Milton Jackson, representante antigo do estado do Mississippi, tem setenta anos, parece ter noventa e é a imagem cuspida de um abutre que descesse de um fio telefônico e entrasse num terno da Men's Wearhouse. Em outras palavras, nada bonito.

A PENA MÁGICA DE GWENDY

— Claro que não — diz Gwendy, oferecendo seu melhor sorriso. Já no primeiro dia no trabalho novo, reconheceu que Milton era um daqueles caras que detestavam todo mundo com visão positiva da vida ou simplesmente era feliz, então ela bota toda energia nos lábios. — Só estou trabalhando um pouco mais. E como você está nesta linda manhã de dezembro?

O velho aperta os olhos para ela como se estivesse tentando entender se é uma pergunta capciosa.

— Ah, estou bem — resmunga ele por fim.

— Deixa ela em paz, Milt — diz alguém atrás deles.

— Ela é tão nova que poderia ser sua neta.

Desta vez, o sorriso de Gwendy é genuíno quando ela se vira para a amiga.

— Eu reconheceria essa voz doce em qualquer lugar. Bom dia, Patsy.

— Oi, Gwennie. Esse velho chato está te incomodando?

Patsy Follett tem sessenta e poucos anos e é linda e pequenininha. Mesmo com as botas estilosas de salto que está usando, Patsy mal chega a um metro e meio. O cabelo enrolado é platinado e usa uma maquiagem, digamos, abundante.

— Não, senhora, a gente só estava conversando sobre estratégias pra reunião de hoje. — Ela olha para o congressista. — Não é, sr. Jackson?

A PENA MÁGICA DE GWENDY

O homem idoso não responde. Só as observa por trás dos óculos grossos como se elas fossem insetos voadores esmagados no para-brisa da Mercedes novinha dele.

— Falando em estratégia — diz Patsy. — Você ainda me deve um retorno sobre aquele orçamento de educação, Milt.

— Sim, sim — resmunga ele. — Vou pedir pra minha secretária te ligar marcando uma data.

Gwendy olha para o chão e repara em um pedaço de papel higiênico preso ao calcanhar de um dos mocassins do sujeito. Ela estica a ponta do sapato com cuidado e o solta. Em seguida, empurra o papel higiênico para a parede para que mais ninguém pise nele.

— Ou talvez você possa pegar o telefone sozinho e me ligar hoje mais tarde — diz Patsy, arqueando as sobrancelhas.

Milton amarra a cara e abre caminho na direção da frente do grupo sem nem se despedir.

Patsy o vê se afastar e solta um assobio baixo.

— Nossa, aquela fuça feia dele faz a gente querer pular o café da manhã. Talvez até o almoço.

Gwendy arregala os olhos enquanto tenta segurar uma risadinha.

— Seja gentil.

— Uma impossibilidade, minha querida. Estou tão mal-humorada quanto uma vespa hoje.

A PENA MÁGICA DE GWENDY

Um murmúrio se espalha pela multidão e todos começam a andar na direção da entrada da sala.

— Parece que chegou a hora de novo — diz Patsy.

Gwendy estica a mão, fazendo um gesto para a amiga ir na frente.

— Hora de quê?

Patsy sorri, e o rosto estreito coberto de maquiagem se ilumina.

— Hora de lutar a boa luta, claro.

Gwendy suspira e segue a amiga para dentro da sala.

6

Duas horas depois, a porta da sala de reuniões se abre e trinta representantes saem, cada um deles parecendo precisar de uns comprimidos de Tylenol ou, no mínimo, de um banho frio.

— Você viu a cara do velho Henderson? — pergunta Patsy quando ela e Gwendy entram no corredor. — Achei que ele ia bater pino ali mesmo no púlpito.

— Nunca vi ninguém ficar tão vermelho...

Alguém esbarra em Gwendy com força por trás, empurrando-a para o lado, e continua andando. É o amigo falador da manhã, Milton Jackson.

— Que bons modos, hein, babaca — grita Patsy atrás dele.

Gwendy prende as pastas pardas embaixo do braço e massageia o ombro.

A PENA MÁGICA DE GWENDY

— Tudo bem?

— Ah, tudo ótimo — diz ela. — Você não devia ter gritado com ele daquele jeito.

— Por que não? O sujeito mereceu. — Ela olha para Gwendy. — Você não é muito boa em ficar com raiva, né?

Gwendy dá de ombros.

— Acho que não.

— Você devia tentar às vezes. Talvez te faça se sentir melhor.

— Combinado. Da próxima vez que isso acontecer, vou chamá-lo de... exemplo ambulante de por que precisamos de limites de mandato.

— Shiu — diz Patsy quando elas entram no elevador. — Você é uma de nós agora.

Gwendy ri e aperta o botão do andar delas.

— Algum avanço com o pessoal das farmacêuticas? — pergunta Patsy.

Gwendy balança a cabeça e baixa a voz.

— Desde Columbine, todo mundo desviou a atenção para controle de armas e saúde mental. E como posso culpar as pessoas por isso? Só queria que o pessoal daqui tivesse capacidade de atenção maior do que de crianças de jardim de infância. Três meses atrás eu quase consegui os votos. Hoje não cheguei nem perto.

A PENA MÁGICA DE GWENDY

A porta do elevador se abre e elas saem em um saguão quase vazio.

— Bem-vinda ao moinho, amiga. Vai girar e voltar. Sempre volta.

— Há quanto tempo você está fazendo isso, Patsy?

— Represento o segundo distrito do honrado estado da Carolina do Sul há dezesseis anos agora.

Gwendy assobia.

— Como...? — Ela faz uma pausa.

— Como eu faço?

Gwendy assente, tímida.

Patsy coloca a mão no ombro da jovem congressista.

— Escuta, querida, sei o que você está pensando. Como você se meteu nessa confusão? Não tem nem um ano e você está frustrada e sufocada e procurando um jeito de sair.

Gwendy olha para ela com olhos arregalados.

— Não é isso que eu...

Patsy desdenha do comentário dela.

— Acredite em mim, nós todos passamos por isso. Mas vai passar. Você vai encontrar seu ritmo. E se não encontrar e vir que sua cabeça está afundando, me chama. Vamos dar um jeito de resolver isso juntas.

Gwendy se inclina e abraça a amiga. É um pouco como abraçar uma criança, ela pensa.

— Obrigada, Patsy. Eu juro, você é um anjo.

A PENA MÁGICA DE GWENDY

— Não sou. Sou velha e chata e não ligo muito pra humanidade, mas você é diferente, Gwennie. Você é especial.

— Eu não me sinto especial atualmente, mas obrigada. Muito obrigada.

Patsy sai andando, mas Gwendy a chama.

— Você estava falando sério? Já se sentiu assim antes?

Patsy se vira e apoia as mãos nos quadris.

— Querida, se eu ganhasse uma moeda cada vez que senti o que você está sentindo, eu continuaria não tendo troco pra uma moeda de vinte e cinco.

Gwendy cai na gargalhada.

— O que isso quer dizer?

Patsy dá de ombros.

— Sei lá. Meu falecido marido dizia isso sempre que queria parecer inteligente e acabou ficando na minha cabeça.

7

GWENDY ENTRA NA SALA DE ESPERA do escritório se sentindo melhor do que se sente há dias. É quase como se um peso tivesse sido tirado do peito dela e ela conseguisse respirar de novo.

Uma recepcionista grisalha para de digitar e ergue o rosto da tela.

— Deixei duas mensagens na sua mesa e o almoço já deve estar chegando. Sanduíche de peru com batatinhas está bom?

Se Gwendy às vezes imagina (secretamente, claro; ela jamais diria essas coisas em voz alta, nem em um milhão de anos) a representante Patsy Follett como Tinkerbell, o anjo da guarda em miniatura com uma varinha na mão da sua infância, ela certamente imagina sua recepcionista, Bea Whiteley, como a amada tia Bea do xerife Taylor da série icônica de televisão *The Andy Griffith Show*.

Embora elas tenham bem pouca semelhança física (para começar, a Bea de Gwendy é afro-americana), há um monte de outras similaridades entre as duas. Primeiro, o nome, claro. Quantas mulheres você conhece que se chamam Bea ou mesmo Beatrice? E tem os fatos indiscutíveis: a sra. Whiteley é uma cuidadora natural, uma excelente cozinheira, uma pessoa de fé dedicada e a mulher mais doce e bondosa que Gwendy já conheceu. Se juntarmos tudo isso num único ser humano, o que temos? Tia Bea, ela mesma.

— Você é um anjo — diz Gwendy. — Obrigada.

Bea pega uma folha de papel no canto da mesa.

— Eu também imprimi sua agenda de amanhã. — Ela se levanta e entrega o papel para Gwendy.

A congressista passa os olhos pelo texto com a testa franzida.

— Por que tenho a sensação de que é o último dia de aula antes das férias de Natal?

— Tenho certeza de que o último dia de aula era bem mais divertido do que isso. — Bea se senta atrás da mesa de novo. — Como sua mãe está?

— Até ontem à noite, ainda bem. Já tem seis semanas que terminou a quimioterapia. Os exames estão normais.

A PENA MÁGICA DE GWENDY

A velha senhora junta as mãos.

— Deus é bom.

— Mas meu pai está deixando ela louca. Quer ouvir a mais recente? — Ela não espera resposta. — Ele quer tirar todas as economias deles do banco e enterrar no quintal. Está convencido de que o sistema de computador do banco vai cair por causa do bug do milênio. Minha mãe mal pode esperar pra ele voltar a trabalhar.

— Mais motivo ainda pra você ir pra casa. Seu voo é amanhã à noite? — pergunta Bea.

Gwendy nega com a cabeça.

— Adiei o voo pra sábado de manhã. Preciso terminar umas coisas antes de ir. E você? Quando você e o Tim viajam?

— A gente vai na segunda visitar minha irmã no Colorado e de lá vamos ver as crianças na quarta. Falando em crianças... seria demais eu pedir pra você autografar uns livros pra eles? Vou pagar, claro. Não estou pedindo nada de graça, nem...

Gwendy estende a mão.

— Sossega, que tal? Fico feliz em fazer isso, Bea. Vai ser um prazer.

— Obrigada, sra. Peterson. Fico muito agradecida.

— E ela parece de fato agradecida, além de aliviada.

— Só relaxa e curte a sua família.

A PENA MÁGICA DE GWENDY

— Todos debaixo do mesmo teto por uma semana inteira? Vai ser... interessante.

— Vai ser incrível — diz Gwendy.

Bea revira os olhos.

— Se você diz...

— Eu digo. — Ela entra na sala rindo e fecha a porta.

8

Gwendy joga os relatórios de volta na pilha e se senta à mesa. Pega o *planner* diário, mas a mão para no ar antes de chegar nele.

Tem uma moeda de prata reluzente ao lado do teclado.

Sua mão esticada começa a tremer. Seu coração dispara no peito e de repente parece que todo o ar foi sugado da sala.

Ela sabe antes de olhar que é um dólar de prata Morgan de 1891. Ela já os viu antes.

Uma voz familiar, voz de homem, sussurra no ouvido dela: *"Quase quinze gramas de prata pura. Foi criada pelo sr. George Morgan, que só tinha trinta anos quando gravou o perfil de Anna Willess Williams, uma matrona da Filadélfia, para passar a ser o que chamamos de lado "cara" da moeda…".*

A PENA MÁGICA DE GWENDY

Gwendy vira a cabeça, mas não tem ninguém ali. Ela olha em volta, esperando a voz voltar, sentindo como se tivesse acabado de ver um fantasma... e talvez tenha mesmo. Mais nada na sala parece fora do lugar. Ela estica a outra mão e deixa a ponta do indicador roçar na superfície da moeda. Está fria ao toque e é real. Ela não está imaginando. Não está sofrendo nenhum tipo de colapso nervoso induzido pelo estresse.

Com o coração quase saindo pela boca, Gwendy usa o polegar para puxar a moeda lentamente pela mesa. Ela se inclina para olhar melhor. O dólar de prata está novinho, e ela estava certa: é um Morgan de 1891. Anna Williams sorri para ela com olhos de prata que não piscam.

Gwendy puxa a mão de volta e a limpa distraidamente na manga da blusa. Levanta-se e anda devagar pela sala, sentindo como se tivesse acabado de despertar de um sonho. Bate o joelho no canto arredondado da mesa de centro, mas nem repara direito. Muda abruptamente de direção e para na frente da porta do armário, o único lugar onde alguém poderia se esconder. Depois de respirar fundo para se acalmar, ela conta silenciosamente até três... e abre a porta.

Recua com as mãos na frente do rosto e quase cai, mas não tem ninguém esperando lá dentro. Só alguns casacos e suéteres pendurados em cabides de metal, um emaranhado de vestidos e tênis de corrida no chão e um par novinho de botas de neve ainda na caixa.

A PENA MÁGICA DE GWENDY

Gwendy expira de alívio, fecha a porta e se vira para a mesa de novo. A moeda de prata ainda está lá, brilhando sob a luz do teto, parecendo olhar para ela. Ela está prestes a ligar para Bea quando uma coisa chama sua atenção. Ela vai até o arquivo no canto. Sobre ele, há um busto de bronze do herói da Guerra de Secessão pelo Maine, Joshua Chamberlain, presente do pai.

Gwendy abre a gaveta de cima do arquivo. Está cheia de pastas e papéis variados. Ela a fecha. Faz o mesmo com a segunda gaveta: abre-a, olha rapidamente, fecha. Prendendo o ar, ela se apoia em um joelho e abre a gaveta de baixo.

E lá está: a caixa de botões.

É de um mogno lindo, madeira que brilha em um marrom tão intenso que ela consegue ver pontinhos avermelhados no acabamento. Tem uns quarenta centímetros de comprimento, talvez uns trinta de largura, e metade disso de profundidade. Há uma série de botõezinhos no alto da caixa, seis em fileiras de dois, e um solitário em cada ponta. Oito no total. Os pares são verde-claro e verde-escuro, amarelo e laranja, azul e violeta. Um dos botões das pontas é vermelho. O outro é preto. Há também uma pequena alavanca nas laterais da caixa, e o que parece um buraco no meio.

Por um momento, Gwendy esquece onde está, esquece quantos anos tem, esquece que um homem gentil

A PENA MÁGICA DE GWENDY

e amoroso chamado Ryan Brown existe. Ela tem doze anos de novo, está agachada na frente do armário do quarto na cidadezinha de Castle Rock, Maine.

Parece exatamente a mesma, pensa ela. *Parece a mesma porque é a mesma.* Não dá para confundir mesmo depois de tantos anos.

Atrás dela, alguém bate com força na porta. Gwendy quase desmaia.

9

— Está tudo bem, congressista? Estou batendo há um bom tempo.

Gwendy se afasta da porta e deixa a recepcionista entrar na sala. Bea está carregando uma bandejinha com o sanduíche de peru. Ela a coloca na mesa e se vira para a chefe. Se Bea repara na moeda de prata ao lado do teclado, não fala nada.

— Está tudo bem — diz Gwendy. — Só estou meio constrangida. Eu estava lendo e acho que cochilei.

— Você devia estar tendo um sonho e tanto. Tive a impressão de ouvir você choramingando.

Você não sabe da missa a metade, pensa Gwendy.

— Tem certeza de que está bem? — pergunta Bea. — Se não se importa de eu falar, você parece meio abalada e bem pálida. Quase como se tivesse visto um fantasma.

A PENA MÁGICA DE GWENDY

Na mosca de novo, pensa Gwendy, e quase cai na gargalhada.

— Minha corrida hoje de manhã foi mais longa do que o habitual e eu não bebi muita água depois. Devo estar meio desidratada.

A recepcionista a olha longamente, nem um pouco convencida.

— Vou pegar mais umas garrafas de água, então. Já volto. — Ela dá meia-volta e sai da sala.

— Bea?

Ela para na porta e se vira.

— Alguém passou no escritório enquanto eu estava na reunião hoje de manhã?

Bea balança a cabeça.

— Não, senhora.

— Tem certeza?

— Sim, senhora. — Ela olha ao redor. — Algum problema? Precisa que eu chame a segurança?

— Não, não — diz Gwendy, acompanhando a mulher mais velha o resto do caminho para fora da sala. — Mas talvez precise chamar um médico, porque parece que agora não consigo ficar acordada depois do almoço.

Bea abre um sorriso fraco de novo, não muito convincente, e sai.

Gwendy fecha a porta e anda em linha direta até o arquivo. Ela sabe que não tem muito tempo. Apoiada

A PENA MÁGICA DE GWENDY

em um joelho de novo, abre a gaveta de baixo. A caixa de botões ainda está lá, praticamente cintilando sob as luzes da sala, esperando-a.

Gwendy estica as duas mãos e hesita, os dedos pairando alguns centímetros acima da superfície polida. Sente os pelos nos braços começarem a formigar, ouve o sussurro baixo de *alguma coisa* no canto do cérebro. Ela se prepara e tira a caixa com cuidado da gaveta. E, quando faz isso, tudo volta...

10

Quando Gwendy era garotinha, seu pai tirava a caixa de papelão velha com SLIDES escrito na lateral do sótão todos os verões, normalmente perto do Quatro de Julho. Montava o projetor velho na mesa de centro da sala, posicionava a tela na frente da lareira e apagava todas as luzes. Ele sempre tornava a experiência grandiosa. A mãe fazia pipoca e uma jarra de limonada fresca. O pai narrava cada slide com o que chama de "voz de Hollywood" e fazia um teatrinho de sombras no intervalo. Gwendy costumava se sentar no sofá entre a mãe e o pai, mas às vezes outras crianças vizinhas se juntavam e, nessas ocasiões, ela se sentava no chão diante da tela com os amigos. Algumas das crianças ficavam entediadas e logo inventavam desculpas para irem embora ("Ops, desculpa, sr. Peterson, lembrei que

A PENA MÁGICA DE GWENDY

prometi pra minha mãe que ia arrumar o quarto hoje."), mas Gwendy nunca fazia isso. Ela ficava fascinada pelas imagens na tela e mais ainda pelas histórias que essas imagens contavam.

Quando os dedos de Gwendy se fecham em volta da caixa de botões pela primeira vez em quinze anos, é como se um show de slides de imagens vibrantes e tremeluzentes, cada uma contando sua história secreta própria, florescesse na frente dela. De repente, é:

... 22 de agosto de 1974, e um homem estranho de paletó preto e chapeuzinho preto está enfiando a mão embaixo de um banco de parque de Castle Rock e tirando uma bolsa de lona fechada com um cordão. Ele a abre e tira uma caixa linda de mogno...

... uma manhã de setembro, e Gwendy está na frente do armário do quarto, arrumando-se para a escola. Quando termina, ela enfia um pedacinho de chocolate na boca e fecha os olhos em êxtase...

... o fundamental II, quando Gwendy se olha em um espelho de corpo inteiro e se dá conta de que não é só bonitinha, de que está linda e não usa mais óculos...

... tarde da noite, a casa silenciosa como um cemitério, e ela está sentada de pernas cruzadas na cama escura com a caixa de botões no colo, os olhos bem apertados de concentração enquanto ela usa o polegar para apertar o botão vermelho e depois inclina a cabeça para a janela aberta e ouve o ribombar...

A PENA MÁGICA DE GWENDY

...*uma noite suave de primavera, e ela está gritando histericamente enquanto dois adolescentes trombam com a mesa de cabeceira dela, derrubando escovas e maquiagem no chão do quarto antes de irem na direção do armário aberto, caírem e puxarem vestidos e saias e calças dos cabides de plástico, desabarem no chão e uma mão imunda com uma tatuagem de teia azul nas costas erguer a caixa de botões e bater com o canto na cabeça do namorado dela...*

Gwendy ofega e está de volta em Washington... sem um momento a perder. Ela atravessa de quatro o escritório e vomita na lata de lixo ao lado da mesa.

11

Devido ao custo exorbitante de manter duas residências em estados diferentes, muitos representantes no primeiro ano de Congresso são obrigados a alugar apartamentos caros demais (uma grande quantidade deles em porões com vazamento e sem ventilação) ou a dividir casas ou apartamentos alugados com várias pessoas. A maioria faz isso sem reclamar. O expediente é longo e eles raramente vão para casa, exceto para tomar banho e dormir — e, se tiverem sorte, fazer uma refeição ocasional sem pressa.

Gwendy Peterson não sofre desse dilema financeiro (graças ao sucesso dos seus romances e das adaptações deles para o cinema) e mora sozinha em uma casa de três andares, dois quarteirões a leste do Capitólio. Ainda assim, quase diariamente, ela sente uma culpa que não

A PENA MÁGICA DE GWENDY

é nada pequena por causa de sua situação de moradia, e sempre oferece um quarto para alguém que precise de lugar para ficar.

Mas, naquela noite, sentada no meio do sofá com as pernas cruzadas, beliscando de uma caixa de *lo mein* de camarão e olhando cegamente para a televisão, ela sente uma gratidão absurda por morar sozinha e aprecia mais ainda não ter hóspedes no momento.

A caixa de botões está no sofá ao lado dela, parecendo deslocada, quase como um brinquedo de criança no ambiente estéril da casa. Gwendy levou boa parte da tarde para pensar em como tirar a caixa sorrateiramente da sala de trabalho. Depois de várias tentativas frustradas, decidiu deixar as botas novas no chão do armário e usar a caixa grande de papelão em que vieram para escondê-la debaixo do braço. Felizmente, os pontos de verificação de segurança montados por todo o prédio eram voltados apenas para quem estava chegando, e não para quem estava saindo.

Um comercial do filme novo do Tom Hanks passa na televisão, mas Gwendy não repara. Ela não saiu do sofá nas últimas duas horas, exceto para atender a porta quando o entregador tocou a campainha. Dezenas de perguntas ocupam sua mente, uma depois da outra em sucessão rápida, com mais de dez esperando nas sombras para tomar o lugar das outras.

A PENA MÁGICA DE GWENDY

Duas perguntas voltam com mais frequência, como se num loop contínuo:

Por que a caixa voltou?

E por que agora?

12

Gwendy nunca contou a ninguém sobre a caixa de botões. Nem para o marido, nem para os pais, nem mesmo para Johnathon e o terapeuta que a atendeu duas vezes por semana por seis meses quando ela tinha vinte e poucos anos.

Houve uma época em que a caixa ocupava todos os pensamentos dela enquanto acordada, quando ela estava obcecada pelo mistério e poder contidos no objeto, mas isso foi uma vida antes. Agora, na maior parte, as lembranças da caixa parecem resquícios espalhados de um sonho recorrente que ela teve na infância, mas cujos detalhes se perderam no labirinto infinito da vida adulta. Há muita verdade no antigo ditado: longe dos olhos, longe do coração.

Claro que ela pensou na caixa nos quinze anos desde que esta sumiu da sua vida, mas (e ela acabou de aceitar

A PENA MÁGICA DE GWENDY

essa revelação, nos sessenta minutos anteriores aproximadamente) não tanto quanto deveria, considerando o papel imenso que a caixa de botões teve na maior parte da sua adolescência.

Olhando em retrospecto, houve semanas, talvez até meses, em que a caixa não passou pela cabeça dela nenhuma vez — e aí, bum, ela via uma notícia sobre um desastre misterioso e aparentemente natural que tinha acontecido em algum estado ou país distante e na mesma hora imaginava alguém sentado num carro ou em frente a uma mesa de cozinha com o dedo repousando num botão vermelho brilhante.

Ou ela encontrava uma chamada de notícia on-line sobre um homem que descobriu um tesouro enterrado no quintal da casa de subúrbio e clicava no link para ver se havia algum dólar de prata Morgan de 1891 envolvido.

Também houve momentos sombrios — felizmente raros — em que ela tinha um vislumbre de uma imagem de vídeo velha e granulada na televisão ou ouvia um trecho de discussão no rádio sobre o massacre de Jonestown, na Guiana. Quando isso acontecia, seu coração dava um pulo e começava a doer, e ela caía num buraco negro de depressão por dias.

E havia também as ocasiões em que ela via um chapeuzinho preto redondo subindo e descendo em alguma

A PENA MÁGICA DE GWENDY

calçada movimentada, ou olhava para uma mesa externa de um café e via o domo brilhante daquele chapéu preto apoiado ao lado de uma caneca de café fumegante ou de um copo de chá gelado e, claro, seus pensamentos voltavam voando para o homem de casaco preto. Ela pensava em Richard Farris e naquele chapeuzinho dele mais do que em todo o resto. Era sempre o misterioso sr. Farris que chegava mais perto da superfície da sua mente consciente. Era a voz dele que ela ouvia no escritório, e é a voz dele que ouve agora de novo, sentada no sofá com as pernas expostas cruzadas embaixo do corpo: *"Cuide da caixa, Gwendy. Ela dá presentes, mas são recompensas pequenas se comparadas ao tamanho da responsabilidade. E tome cuidado..."*.

13

E OS PRESENTES que a caixa oferece com tão boa vontade? Embora não tenha testemunhado a gavetinha de madeira sair do centro da caixa com o dólar de prata, ela acredita que foi de lá que veio a moeda que estava na mesa. Moeda, caixa; caixa, moeda; tudo fazia sentido de forma perfeita.

Isso significa que se empurrar a outra alavanca (*a do lado esquerdo, perto do botão vermelho,* ela lembra como se fosse ontem) vai receber um chocolatinho? Talvez. E talvez não. Não dá para saber com a caixa de botões. Ela acreditava que o objeto tinha bem mais truques na manga quinze anos antes, e acredita mais ainda agora.

Ela encosta a ponta do dedo na pequena alavanca, pensando nos chocolates em forma de animal, nunca repetidos, cada um exoticamente doce e do tamanho de

A PENA MÁGICA DE GWENDY

uma jujuba. Ela se lembra da primeira vez que botou os olhos em um dos chocolates, parada ao lado de Richard Farris na frente do banco do parque. Tinha formato de coelho, e o grau de detalhes era impressionante: o pelo, as orelhas, os olhinhos fofos! Depois disso veio um gatinho e um esquilo e uma girafa. Sua memória fica confusa a partir daí, mas ela se lembra do suficiente: era comer um chocolate e não sentir fome por alguns segundos; comer vários por um período e *mudar*, ficar mais rápida e mais forte e mais inteligente. Ficava com mais energia e sempre parecia estar do lado vencedor de uma moeda jogada ou de um jogo de tabuleiro. Os chocolates também melhoravam a visão e acabavam com a acne. Ou teria sido a puberdade a responsável por isso? Às vezes era difícil saber.

Gwendy olha para baixo e fica horrorizada de ver que seu dedo se afastou da alavanquinha na lateral da caixa para a fileira de botões coloridos. Ela puxa a mão de volta como se estivesse enfiada até o pulso num ninho de vespas.

Mas é tarde demais... e a voz soa de novo:

— *Verde-claro: Ásia. Verde-escuro: África. Laranja: Europa. Amarelo: Austrália. Azul: América do Norte. Violeta: América do Sul.*

— E o vermelho? — pergunta Gwendy em voz alta.

— *O que você quiser* — responde a voz. — *E você vai querer, o dono da caixa sempre quer.*

A PENA MÁGICA DE GWENDY

Ela balança a cabeça, tentando silenciar a voz, mas ela não acabou ainda.

— *Os botões são muito difíceis de apertar* — diz Farris. — *Você tem que usar o polegar e fazer força. E isso é uma coisa boa. Acredite em mim: você não vai querer apertar nenhum por engano, não mesmo. Principalmente o preto.*

O preto... na época, ela chamava de Botão do Câncer. Ela estremece com a lembrança.

O telefone toca.

E, pela segunda vez no dia, Gwendy quase desmaia.

14

— Ryan! Que bom que você ligou.

— Estou tentando conseguir um... há dias, querida — diz ele, a voz perdida momentaneamente em meio a uma explosão de estática. — Esses telefones daqui são uma porcaria.

"Aqui" é a pequena ilha de Timor, na ponta meridional do sudeste da Ásia. Ryan está lá desde a primeira semana de dezembro com uma equipe da revista *Time* cobrindo uma inquietação governamental.

— Você está bem? — pergunta Gwendy. — Está em segurança?

— Eu estou fedendo como se estivesse morando... celeiro há duas semanas, mas estou bem.

Gwendy ri. Lágrimas de felicidade escorrem pelas bochechas. Ela se levanta do sofá e começa a andar de um lado para o outro.

A PENA MÁGICA DE GWENDY

— Você vai conseguir vir para o Natal?

— Não sei, amor. Espero que sim, mas... estão esquentando aqui.

— Eu entendo. — Gwendy assente. — Espero que você esteja enganado, mas entendo.

— Como... está? — diz ele, a voz cortada de novo.

— O quê? Não te ouvi, amor.

— Como sua mãe está?

Gwendy sorri... mas para de repente.

Ela olha para a janela acortinada que ocupa a metade superior da porta da cozinha, sem saber se foi coisa da imaginação dela. Alguns segundos se passam e ela está convencida de que está vendo coisas quando uma sombra se move de novo. Tem alguém do lado de fora, no deque.

— ... me ouvindo? — diz Ryan, sobressaltando-a.

— Ah, ela está bem — diz Gwendy, aproximando-se da cozinha e abrindo uma gaveta. — Ganhando peso e indo a consultas. — Ela pega uma faca de carne e a segura junto à perna.

— Vou ter que fazer pra ela... receita secreta de panqueca quando eu... casa.

— Só volta pra casa inteiro, tá?

Ele ri e começa a dizer mais alguma coisa, mas tem um ruído de estática de furar o tímpano... e silêncio.

— Alô? Alô? — diz ela, afastando o telefone do ouvido para poder olhar a tela. — Merda. — Ele sumiu.

A PENA MÁGICA DE GWENDY

Gwendy coloca o celular na bancada, agacha-se e se aproxima da porta. Quando chega à extremidade do armário, percorre de lado a distância que falta para ficar bem atrás da porta. Antes que perca a coragem, solta um grito de banshee e pula, acende a luz de fora com uma das mãos e usa a outra para afastar a cortina com a ponta da faca de carne.

A pessoa que estava parada do lado de fora sumiu. Só sobrou o próprio reflexo de Gwendy de olhos arregalados olhando para ela.

15

A PRIMEIRA COISA QUE Gwendy faz depois de pegar o celular na bancada da cozinha (mesmo antes de andar até a porta da frente e verificar o trinco) é ver se não aconteceu nada com a caixa de botões. Por um momento terrível e de tirar o fôlego, enquanto vai da cozinha até a sala, ela imagina que o vulto na porta dos fundos foi uma tática de distração e que, enquanto estava ocupada preparando o contra-ataque, um cúmplice entrou pela frente da casa e roubou a caixa.

Seu corpo todo relaxa de alívio quando ela vê a caixa de botões no sofá, onde ela a tinha deixado.

Um tempinho depois, enquanto sobe a escada carregando a caixa, percebe que nem por um momento passou por sua cabeça a ideia de contar o ocorrido a Ryan. Primeiro, ela tenta usar a ligação ruim como

A PENA MÁGICA DE GWENDY

desculpa, mas sabe a verdade. A caixa de botões voltou para ela, e só para ela. Para mais ninguém.

— É minha — diz, entrando no quarto.

E treme por causa da intensidade na própria voz.

16

GWENDY PASSA O DIA 17 de dezembro de 1999, seu último no escritório antes do recesso de três semanas do Congresso, parecendo uma sonâmbula. Gasta os primeiros quinze minutos convencendo Bea de que está se sentindo bem para estar no trabalho (no dia anterior, a recepcionista, em pânico, estava pronta para chamar os paramédicos quando encontrou Gwendy vomitando na lata de lixo; por sorte, Gwendy conseguiu convencê--la de que devia ter sido algo estragado que comeu no café da manhã e, depois de aceitar ir para casa quarenta minutos mais cedo, a mulher acabou cedendo) e as oito horas e meia seguintes resistindo à vontade de correr para casa e dar uma olhada na caixa de botões.

Ela odiou deixar a caixa na casa, principalmente depois do susto na porta da cozinha na noite anterior,

A PENA MÁGICA DE GWENDY

mas não teve muita escolha. Não dava para saber como as máquinas de raio X nos pontos de segurança reagiriam à caixa e, talvez mais preocupante ainda, não dava para saber como a caixa reagiria a passar pela máquina. Gwendy não tinha a menor ideia de como a caixa de botões era por dentro, nem de que as entranhas dela eram feitas, mas não queria correr riscos.

Antes de sair para a caminhada de dois quarteirões até o prédio do Capitólio, ela escondeu a caixa nos fundos de um compartimento apertado embaixo da escada. Colocou caixas de papelão cheias de livros de cada lado e na frente e uma pilha de casacos pesados em cima de tudo. Quando ficou satisfeita, fechou a portinha, trancou a casa e foi trabalhar. Conseguiu voltar para casa para olhar a caixa só duas vezes até finalmente conseguir chegar ao trabalho.

O último dia de Gwendy passa em uma confusão de vozes sem face e ruídos de fundo. Várias conferências telefônicas de manhã e duas reuniões breves de comitê à tarde. Ela não se lembra da maioria do que foi dito em nenhuma delas, nem do que comeu no almoço.

Quando dá cinco horas, ela tranca a sala e vai entregar presentes de Natal para alguns colegas de trabalho: um conjunto de velas aromatizadas e sais de banho para

A PENA MÁGICA DE GWENDY

Patsy, um suéter de casimira e uma pulseira para Bea e vários livros autografados para os filhos dela. Depois de desejos de boas festas e abraços de despedida, Gwendy vai para o saguão.

17

— Vou sentir uma saudade danada do seu sorriso nas próximas semanas, congressista.

— Eu também vou sentir saudade — diz Gwendy ao parar na mesa da segurança. Ela enfia a mão na bolsa e tira uma caixinha embrulhada com papel de bonecos de neve. Entrega por cima da barreira para o guarda de peito de barril. — Feliz Natal, Harold.

Harold fica de boca aberta. Estica a mão devagar e pega o presente.

— Você comprou... É mesmo pra mim?

Gwendy sorri e assente.

— Claro. Eu nunca esqueceria do meu chefe de segurança favorito.

Ele olha para ela, confuso.

A PENA MÁGICA DE GWENDY

— Chefe…? — E aí abre um sorriso, e aqueles dentes de ouro piscam para ela sob a luz fluorescente. — Ah, você está brincando comigo.

— Abre seu presente, bobo.

Os dedos grossos atacam o papel de presente e revelam uma caixa preta brilhante com *Bulova* impresso em letras douradas no alto. Ele fica de queixo caído e olha para ela sem acreditar.

— Você comprou um relógio pra mim?

— Eu te vi admirando o do congressista Anderson semana passada — diz Gwendy. — Achei que você merecia ter um.

Harold abre a boca, mas não sai nenhuma palavra. Gwendy fica surpresa de ver que o guarda está com os olhos brilhando e o queixo tremendo.

— Eu… Esse é o melhor presente que já ganhei — diz ele. — Obrigado.

Pela primeira vez no dia, Gwendy sente que talvez fique tudo bem.

— De nada, Harold. Espero que você e sua família tenham um Natal maravilhoso. — Ela dá um tapinha carinhoso no braço dele e se vira para ir embora.

— Não tão rápido — diz Harold, e levanta a mão. Ele se abaixa atrás da mesa e pega um presente embrulhado, que depois entrega para Gwendy.

A PENA MÁGICA DE GWENDY

Ela olha para ele com surpresa e lê a etiqueta: *Para a congressista Gwendy Peterson; de Harold e Beth.*

— Obrigada — diz ela, genuinamente emocionada.

— Aos dois.

Ela abre o presente. É um livro grosso de capa dura com uma sobrecapa laranja. Ela o vira para ver a capa... e o chão sobe e desce de repente, como se ela tivesse se sentado numa gangorra no parquinho.

— Está tudo bem, congressista? — pergunta Harold.

— Você já tem esse?

— Não, não — diz Gwendy, erguendo o livro. — Eu não li ainda, mas sempre quis ler.

— Ah, que bom — diz ele, aliviado. — Eu não consigo entender quase nada, mas minha esposa já leu e disse que é fascinante.

Gwendy força um sorriso.

— Obrigada de novo, Harold. É mesmo uma surpresa adorável.

— Obrigado *eu*, congressista Peterson. Você não deveria ter feito o que fez, mas estou feliz à beça. — Ele cai na gargalhada.

Gwendy enfia o livro na bolsa de couro e vai na direção do elevador. Na descida, dá outra olhada na capa, só para ter certeza de que não está ficando louca.

E não está.

A PENA MÁGICA DE GWENDY

O livro que Harold deu a ela é *O arco-íris da gravidade*. É o mesmo que Richard Farris estava lendo no banco em Castle View vinte e cinco anos antes… no dia em que deu a caixa de botões para Gwendy.

18

MESMO QUANDO AINDA NÃO HAVIA o exemplar de *O arco-íris da gravidade* em jogo, Gwendy já estava quase decidida a cancelar o jantar com amigos marcado há muito tempo, mas a surpresa de Harold, bem-intencionada, embora não tão agradável, bate o martelo. Ela vai direto para casa, tira a caixa de botões do esconderijo, veste uma calça de moletom e um suéter largo e pede comida.

Enquanto os amigos (dois antigos colegas da Brown) jantam filé mignon e legumes grelhados no histórico Old Ebbitt Grill na Décima Quinta Avenida (onde é preciso fazer reserva com semanas de antecedência), Gwendy fica sozinha na sala de jantar, comendo a salada mais lamentável que já viu e mordiscando uma fatia de pizza.

A PENA MÁGICA DE GWENDY

Ela não está realmente sozinha, claro. A caixa de botões está ali, na outra ponta da mesa, olhando-a comer como um pretendente silencioso. Alguns minutos antes, ela ergueu o olhar da comida e perguntou com sinceridade:

— Tudo bem, você voltou. O que faço com você agora?

A caixa não respondeu.

Gwendy está com a atenção voltada para um programa de notícias noturnas na televisão da sala, e não está feliz. Ainda não acredita que Clinton perdeu para aquele idiota.

— O presidente dos Estados Unidos é um babaca maluco — diz ela, enfiando um pedaço de alface mais marrom do que verde na boca. — Diz pra eles, Bernie.

O âncora Bernard Shaw, com o distinto cabelo grisalho e o bigode grosso, faz exatamente isso:

— ... relembre a sequência de eventos que nos levou a esse impasse potencialmente catastrófico. Inicialmente, fotografias de satélites espiões levaram as autoridades americanas a desconfiar que a Coreia do Norte estava desenvolvendo uma nova instalação perto do centro nuclear de Yongbyon, que foi desativado originalmente pelo acordo de 1994. Com base nessas fotografias, Washington exigiu uma inspeção da instalação, e Pyongyang reagiu exigindo que os Estados Unidos

A PENA MÁGICA DE GWENDY

paguem trezentos milhões de dólares pelo direito de inspecionar o local. No começo da semana, o presidente Hamlin respondeu com irritação e, como muitos dizem, de forma desrespeitosa, através de comentários públicos direcionados ao líder norte-coreano, recusando-se a pagar por essa taxa de inspeção e chamando a proposta de "ridícula e risível". Agora, na última hora, Pyongyang liberou uma declaração escrita se referindo ao presidente Hamlin como um "valentão que passou por lavagem cerebral" e ameaçando sair do acordo de 1994. Não houve resposta da Casa Branca ainda, mas uma autoridade que preferiu ficar anônima alega que…

— Mas que ótimo — diz Gwendy, levantando-se e jogando o resto da salada no lixo. — Uma competição de raiva entre dois egomaníacos. Vou receber um monte de ligações por causa disso…

19

Gwendy puxa o cobertor até o pescoço e dá uma última olhada na caixa antes de apagar a luz do abajur na mesa de cabeceira. Mais cedo, depois de escovar os dentes e lavar o rosto, ela colocou a caixa de botões na cômoda, ao lado da caixa de joias e das escovas de cabelo. Agora, está pensando se devia deixá-la mais perto. Só por segurança.

Estica a mão para acender a luz… mas para quando ouve o gemido de uma porta abrindo, uma com dobradiças precisando de óleo. Na mesma hora, reconhece o som. É a porta do armário.

Sem conseguir se mexer, ela vê apavorada um vulto escuro sair do closet. Tenta gritar: *Pare, eu tenho uma arma! Estou ligando para a polícia!* Ou qualquer coisa que possa lhe dar mais tempo. Mas se dá conta de que está

A PENA MÁGICA DE GWENDY

prendendo a respiração. De repente, lembrando-se da caixa de botões na cômoda, ela puxa o cobertor pesado e salta da cama.

Mas o invasor é rápido demais.

Ele pula em cima dela, os braços fortes a seguram pela cintura e a empurram de volta para o colchão. Ela grita e se debate nos braços do agressor, tentando arranhar os olhos dele, e arranca a máscara de esqui que ele está usando.

Gwendy vê o rosto sob a luz da televisão e ofega.

O invasor é Frankie Stone, vivo de novo e com a mesma cara de vinte anos antes, na noite em que matou seu namorado: com calça camuflada, óculos escuros e uma camiseta apertada, com aquele sorriso idiota dele, o cabelo castanho oleoso manchando os ombros, a acne parecendo uma explosão nas bochechas.

Ele a vira e prende Gwendy contra o colchão, e ela sente o bafo de álcool quando ele sussurra:

— Me dá a caixa, sua piranha burra. Me dá agora, senão vou te comer viva... — E aí a boca do homem se abre de uma forma impossível e o mundo fica escuro quando Frankie Stone fecha a boca e a engole.

20

Gwendy dá um pulo na cama, agarrando um emaranhado de lençóis suados junto ao peito e ofegando. Seu olhar vai até a porta do closet do outro lado do quarto, bem fechada, e depois até a cômoda. A caixa de botões está exatamente onde ela a deixou, paradinha na escuridão e com o olhar alerta.

21

— Tem certeza de que não quer que eu guarde sua bolsa, congressista Peterson?

Gwendy olha para o copiloto, que tinha se apresentado minutos antes assim que ela subiu no jato particular com oito assentos, mas ela já se esqueceu do nome dele.

— Não, tudo bem. Eu trouxe meu laptop e acho que vou trabalhar um pouco enquanto estivermos no ar.

— Ótimo — diz ele. — Devemos decolar em vinte minutos.

Ele abre um sorriso tranquilizador, do tipo que diz *Sua vida está nas minhas mãos, moça, mas dormi muito bem ontem à noite e só cheirei uma carreirinha de cocaína hoje de manhã, então está tudo bem*, e volta para o cockpit.

A PENA MÁGICA DE GWENDY

Gwendy boceja e olha pela janela para a pista movimentada. A última coisa que ela quer fazer durante o voo curto é mexer no laptop. Está exausta por não ter dormido na noite anterior e de péssimo humor. Nem quarenta e oito horas se passaram desde que a caixa de botões voltou para a vida dela, mas Gwendy já passou de choque e curiosidade para raiva e ressentimento. Ela olha para a mala de mão, guardada embaixo do banco à frente, e luta contra a vontade de olhar a caixa de novo.

Ela aperta bem os olhos, tenta silenciar a voz obsessiva falando no fundo da mente dela e os abre abruptamente quando percebe que está quase cochilando. Dormir com a caixa desprotegida pode não ser uma ideia muito inteligente, decide ela.

— Está desprotegida? — pergunta ela em voz alta de repente, sem intenção alguma.

Olha para a mala de novo. O voo tem menos de noventa minutos de duração. Qual é a pior coisa que pode acontecer se ela der uma dormidinha? Ela não sabe e não está disposta a descobrir. Pode dormir quando chegar em casa.

Está protegida? Ela está pensando no antigo filme do Dustin Hoffman agora, com o dentista nazista do mal. *Está protegida?*

Quando se trata da caixa de botões, Gwendy sabe a resposta. A caixa nunca está protegida. Não de verdade.

A PENA MÁGICA DE GWENDY

— Somos os segundos na fila da decolagem, congressista — diz o copiloto, olhando para trás do cockpit. — Você deve estar no solo em Castle Rock alguns minutos antes do meio-dia.

22

Se Gwendy quiser ser sincera consigo mesma (e, quando o King Air 200 sobe acima das nuvens sobre uma curva lamacenta do rio Potomac, ela está determinada a ser exatamente isso), precisa admitir que seu mau-humor está vindo de uma fonte sufocante: uma lembrança esquecida da juventude.

Era um dia fresco de brisa leve em agosto, pouco antes do começo do primeiro ano do ensino médio, e Gwendy tinha acabado de correr pela Escadaria Suicida pela primeira vez em meses. Quando chegou no alto, ela se sentou e descansou no mesmo banco de Castle View onde, anos antes, tinha conhecido um homem chamado Richard Farris. Esticou as pernas por um momento, inclinou a cabeça para trás e fechou os olhos para apreciar a sensação do sol e do vento no rosto.

A PENA MÁGICA DE GWENDY

A pergunta que tinha surgido na mente dela sentada no banco naquele dia de verão tão distante voltou à tona (e de forma meio rude) no começo da manhã, quando Gwendy estava ocupada protegendo a caixa de botões na bolsa de mão com meias enroladas e suéteres: *O quanto da vida dela é o que ela faz e o quanto é o que a caixa faz, com seus prêmios e botões?*

A lembrança — e o pensamento central contido dentro da lembrança — foi quase suficiente para fazer Gwendy gritar de raiva e jogar a caixa do outro lado do quarto como uma criancinha no meio de um ataque de birra.

Por qualquer ângulo que olhe, Gwendy sabe que teve o que a maioria das pessoas chamaria de uma vida encantada. Houve a bolsa de estudos da Brown, o workshop de escritores em Iowa, o emprego de ascensão meteórica na agência de publicidade e, claro, os livros e filmes e o Oscar. E houve a eleição, o que muitos especialistas chamaram de maior reviravolta política da história do Maine.

Claro que houve fracassos no caminho: uma conta de propaganda perdida aqui, a venda dos direitos de produção de um filme que não se desenvolveu ali, e sua vida amorosa antes de Ryan poderia ser descrita como um deserto inóspito de decepções. Mas não foram muitos, e ela sempre se recuperou com uma facilidade que deixava os outros com inveja.

A PENA MÁGICA DE GWENDY

Mesmo agora, olhando para a caixa de botões em segurança entre os pés, Gwendy acredita com todo o coração que a maior parte do seu sucesso pode ser atribuída ao trabalho árduo e a uma atitude positiva, sem mencionar casca grossa e persistência.

Mas e se tudo que ela achar que é verdade... simplesmente não for?

23

UMA NEVE LEVE ESTÁ CAINDO de um céu baixo e cinzento quando Gwendy pousa no aeroporto do condado de Castle, perto da rodovia 39. Nada pesado, só um beijinho na bochecha vindo do norte que vai deixar jardins e estradas cobertos de dois a três centímetros de lama de neve até a hora do jantar.

Ela ligou antes do pouso e pediu a Billy Finkelstein, um dos dois únicos funcionários em tempo integral do aeroporto do condado de Castle, para fazer uma chupeta na bateria do carro dela e tirar o Subaru de um dos três estacionamentos estreitos na área do bosque da rodovia 39.

Billy cumpre a solicitação e o carro está esperando por ela no estacionamento do aeroporto, com o motor ligado e o aquecedor no máximo. Ela agradece a Billy,

A PENA MÁGICA DE GWENDY

dá uma gorjeta a ele, apesar de ser contra as regras, e cumprimenta com um movimento de cabeça o chefe dele, Jessie Martin, um dos antigos companheiros de boliche do pai dela. Coloca a mala de mão no banco do passageiro da frente e joga a bolsa em cima.

No caminho de casa, Gwendy faz duas ligações rápidas. A primeira é para o pai, para avisar que pousou em segurança e que vai lá à noite jantar. A mãe está dormindo no sofá, então Gwendy não chega a falar com ela, mas o pai fica feliz da vida e ansioso para ver a filha mais tarde.

A segunda ligação é para o celular do xerife Norris Ridgewick, do condado de Castle. Cai direto na caixa postal, e ela deixa uma mensagem depois do bipe:

— Oi, Norris. É Gwendy Peterson. Acabei de voltar pra cidade e achei que a gente devia se ver. Me liga quando puder.

Quando aperta o botão vermelho do celular, Gwendy sente os pneus traseiros do Subaru perderem de repente a aderência à estrada. Ela volta com cuidado para o centro da pista e diminui a velocidade. *Só faltava essa*, pensa. *Bater num poste telefônico, ficar inconsciente e algum motorista de limpa-neve de dezenove anos com uma lata de Red Man no bolso de trás e catarro seco no lábio encontrar a caixa de botões.*

24

Só há dois caminhos para subir até Castle View em 1999: pela rodovia 117 e pela estrada Pleasant. Gwendy guia o Subaru na direção da Pleasant, passa por uns oitocentos metros sinuosos de casas (estilos rancho, Cape Cod e colonial; muitas decoradas para o Natal) e vira à esquerda depois do parquinho da Legião Americana para entrar na rua View. Dirige mais algumas centenas de metros e vira à direita no estacionamento coberto de neve do Condomínio Castle View. Vários anos antes, ela e Ryan foram um dos primeiros a comprar um apartamento no novo complexo. Apesar da vida movimentada de viagens, eles têm sido felizes lá.

Gwendy entra na vaga reservada na fila da frente e desliga o motor. Depois de ir até o lado do passageiro para pegar a mala, olha para uma série de colinas suaves que levam até um precipício protegido por uma cerca, onde antes ficava uma escadaria em ziguezague chamada Escadaria Suicida. Destacando-se como uma cicatriz escura na encosta coberta de neve está o banco de madeira onde ela conheceu o estranho de chapéu preto.

Gwendy digita um código de segurança de quatro dígitos para entrar no prédio e sobe a escada até o segundo andar. Depois que entra no apartamento 19B, ela tira o casaco, deixa-o cair no chão, abre a mala, tira a caixa de botões, leva-a pelo corredor até o quarto, coloca-a no lado da cama onde o marido dorme e se encolhe do outro. Trinta segundos depois, está roncando.

25

Gwendy abre os olhos no silêncio escuro do quarto, desorientada pela falta de luz do dia na janela, e se esquece momentaneamente de onde está. Ela corre para o banheiro para fazer xixi e sente uma pontada de pânico no peito quando se lembra do jantar com os pais.

Depois de guardar a caixa de botões dentro de um cofre à prova de fogo no escritório que divide com Ryan, ela passa cinco minutos procurando as chaves. Acaba as encontrando no bolso do casaco, no chão, e sai correndo pela porta, determinada a não se atrasar.

Dirigindo mais rápido do que deveria nas ruas escorregadias, está a um quarteirão da casa dos pais quando pensa na caixa de novo.

— Deve estar protegida no cofre — diz ela em voz alta e ri.

A PENA MÁGICA DE GWENDY

O cofre foi ideia do marido. Convencido de que os dois precisavam de um lugar onde guardar bens de valor, ele supervisionou a compra e a instalação do SentrySafe alguns meses depois que se mudaram para o apartamento. Claro que, vários anos depois, não havia nada dentro dele além de alguns contratos, papéis velhos de seguro, um envelope contendo uma quantia pequena em dinheiro e uma bola de beisebol autografada por Ted Williams dentro de um cubo de plástico — e, agora, a caixa de botões.

Eu não posso ficar levando a caixa comigo para onde quer que vá, pensa Gwendy enquanto entra na rua Carbine. *Também não posso deixar no apartamento, não quando Ryan voltar.* Ela tinha deixado a caixa de botões em um cofre no Banco Rhode Island durante os quatro anos em que ficou na Brown e funcionou direitinho. Talvez ela passe no banco Castle Rock Economias e Empréstimos no começo da semana seguinte para ver o que eles têm disponível.

Gwendy vê a casa dos pais à frente e abre um sorriso. O pai caprichou mesmo. Há luzinhas de Natal vermelhas e azuis contornando o telhado e subindo em espiral pelas vigas da varanda. Um Papai Noel inflável enorme, iluminado por uma série de holofotes, dança na brisa no meio do jardim. Uma rena inflável de nariz vermelho pasta na neve aos pés do Papai Noel.

A PENA MÁGICA DE GWENDY

Ele fez isso tudo pra mamãe, Gwendy percebe, embica na frente da casa e estaciona atrás da picape do pai. Ainda sorrindo, ela sai e anda até a porta. Está de volta em casa.

26

O sr. Peterson está preparando frango e pãezinhos chineses para o jantar, os pratos favoritos de Gwendy, e os três botam toda a conversa em dia — das duas garotas desaparecidas às três derrotas seguidas do New England Patriots, passando pela conversão repentina de Betty Johnson, vizinha do outro lado da rua, em loura platinada. A sra. Peterson, com aparência melhor do que Gwendy via em meses, reclama de ainda precisar de sonecas diárias e dos mimos do marido, mas fala isso com um sorriso agradecido e um aperto carinhoso do braço do sr. Peterson. Está usando uma peruca diferente, um tom mais escuro e alguns centímetros mais longa, do que a que estava usando na última vez que Gwendy foi para casa; ela não só a faz parecer mais saudável como também mais nova. O rosto dela se ilumina quando Gwendy diz isso.

A PENA MÁGICA DE GWENDY

— Alguma outra notícia do Ryan? — pergunta a sra. Peterson quando o marido se levanta e vai para a cozinha silenciar o temporizador do forno.

— Não desde que ele ligou duas noites atrás — diz Gwendy.

— Você ainda acha que ele vai voltar para casa a tempo do Natal?

Gwendy balança a cabeça.

— Não sei, mãe. Tudo depende do que acontecer lá. Estou de olho nos noticiários, mas ainda não relataram muita coisa.

O sr. Peterson entra na sala de jantar carregando um prato cheio de pãezinhos.

— Eu vi o presidente Hamlin na televisão no fim da tarde. Ainda não acredito que nossa Gwendy trabalha com o Comandante.

A sra. Peterson oferece à filha um sorriso e revira os olhos. Ela já ouviu aquilo antes. Algumas vezes. As duas ouviram.

— Você falou com ele recentemente? — pergunta ele, empolgado.

— Vários de nós estivemos em uma reunião com ele e o vice-presidente semana passada — diz Gwendy.

O pai sorri com orgulho.

— Acredite em mim, não é tudo isso.

A PENA MÁGICA DE GWENDY

Como costuma acontecer, ela fica tentada a contar ao pai a realidade da situação: que o presidente Hamlin é um homem chato e machista que raramente olha nos olhos de Gwendy e prefere se concentrar nas pernas se ela estiver de vestido ou no peito se ela estiver de calça; que ela nunca fica perto demais do Comandante de propósito, por causa da tendência dele de tocar nos braços e ombros dela enquanto eles conversam. Ela também fica tentada a dizer que o presidente é burro como uma porta e tem um bafo horrível, mas acaba não falando nenhuma dessas coisas. Não para o pai, pelo menos. Já para a mãe é outra história.

— Gostei do que ele falou sobre a Coreia do Norte — diz o sr. Peterson. — Nós precisamos de um líder forte pra aguentar aquele louco.

— Ele está agindo mais como uma criança petulante agora do que como um líder.

O pai faz uma expressão pensativa.

— Você não gosta mesmo dele, né?

— Não é isso... — diz ela. *Cuidado, garota.* — Eu só não gosto das políticas dele. Ele cortou verbas destinadas à saúde de pessoas de baixa renda todos os anos desde que foi eleito. Cortou verbas federais para clínicas de aids e reforçou legislação antigays pra todo lado. Liderou um movimento pra reduzir orçamentos de arte em escolas públicas. Eu só queria que ele cuidasse mais do povo e menos de ganhar todas as discussões.

A PENA MÁGICA DE GWENDY

O pai não diz nada.

Gwendy dá de ombros.

— O que posso dizer? Ele é só um trouxa, pai.

— O que é trouxa? — pergunta ele.

A sra. Peterson toca no braço dele.

— É do Harry Potter, querido.

Ele olha ao redor da mesa.

— Que Harry?

Desta vez, a esposa bate no braço dele.

— Ah, para, seu espertinho.

Todos morrem de rir.

— Enganei você por um minuto — diz ele, e pisca.

Durante as horas seguintes, Gwendy relaxa, e a caixa de botões quase nem passa pela cabeça dela. Tem um momento breve, quando ela está parada em frente à janela da cozinha olhando para o quintal, em que vê o carvalho antigo e alto ao longe e se lembra de ter escondido a caixa no vão na base do tronco grosso. Mas a lembrança some com tanta rapidez quanto chega, e em segundos ela está de volta à sala para assistir *Milagre na rua 34* e ajudar o pai com palavras cruzadas.

27

— ... OCORREU INICIALMENTE quando militantes anti-independência atacaram um grupo de civis desarmados.

Uma expressão de sinceridade severa está estampada no rosto do apresentador do noticiário do Channel Five enquanto uma manchete que diz NOTÍCIA URGENTE: CRISE EM TIMOR passa na parte inferior da tela.

— Há relatos preliminares de violência e derramamento de sangue se espalhando pelo interior, sendo que o pior da luta está centralizado na capital, Díli. A luta explodiu depois que uma maioria dos eleitores da ilha escolheu a independência da Indonésia. Mais de duzentas mortes de civis já foram reportadas, e espera-se que esse número aumente.

Gwendy está sentada no pé da cama, vestindo uma camisola comprida de flanela, a caixa de botões

A PENA MÁGICA DE GWENDY

apoiada num travesseiro ao lado, as fileiras gêmeas de botões multicoloridos parecendo dentes sob o brilho da televisão.

O âncora promete mais notícias de Timor assim que estiverem disponíveis, e o Channel Five entra nos comerciais.

A princípio, Gwendy não se mexe, nem parece respirar, mas depois se vira para a caixa e, com uma voz estranha e sem entonação, diz:

— A curiosidade matou o gato.

Ela usa o dedo mindinho para empurrar a alavanca do lado direito da caixa.

Uma prateleirinha estreita de madeira desliza do centro com um dólar de prata nela. Gwendy pega a moeda brilhante e, sem olhar para ela, coloca-a ao lado, na cama. A prateleira desliza de volta sem fazer barulho.

— Mas a satisfação o trouxe de volta — recita ela com a mesma voz estranha, empurrando a outra alavanca.

A bandejinha de madeira desliza de novo, mas desta vez entrega um pedacinho de chocolate no formato de um cavalo.

Ela pega o chocolate com dois dedos firmes e o observa, impressionada e perplexa. Leva-o até o rosto, fecha os olhos e inspira o aroma doce de outro mundo.

Seus olhos se abrem preguiçosamente e observam o

A PENA MÁGICA DE GWENDY

chocolate com uma expressão de desejo descarado. Ela lambe os lábios quando eles começam a se abrir...

... e sai correndo para o banheiro, com lágrimas quentes descendo dos olhos, joga o chocolate na privada e dá descarga.

28

A PRIMEIRA PESSOA que Gwendy vê quando entra no Castle Rock Diner na manhã de domingo é o Velho Pilkey, o chefe dos correios aposentado da cidade. Hank Pilkey está com noventa anos e tem o olho esquerdo de vidro como resultado de um acidente de pesca. Dizem que a segunda esposa dele, Ruth, ficou bêbada com uísque caseiro de milho e provocou a ferida quando eles estavam de lua de mel em Nova Scotia. Quando Gwendy era pequena, morria de medo do velho e tinha medo de ir com os pais à agência dos correios nas manhãs de sábado. Não era que sentisse medo ou nojo da prótese brilhante de globo ocular. Ela só tinha um medo absurdo de entrar em uma espécie de transe esquisito, começar a encará-lo e provocar incômodo no velho — ou, pior ainda, constrangimento.

A PENA MÁGICA DE GWENDY

Felizmente, anos de prática ajudaram a aliviar os medos de Gwendy, e quando ela abre a porta da lanchonete (com dois pôsteres que dizem VOCÊ VIU ESSA GAROTA? colados na parte de fora do vidro grosso) alguns minutos antes das dez e o Velho Pilkey a vê com um sorriso desdentado, pula do banco na frente da longa bancada de fórmica e abre os braços flácidos num cumprimento, Gwendy o encara e o abraça com afeição genuína.

— Chegou a heroína da nossa cidade — grasna ele, apertando os ombros dela com dedos ossudos e a segurando com os braços esticados para poder dar uma boa olhada nela.

Gwendy ri, e é bom depois da noite longa que ela teve.

— Como você está, sr. Pilkey?

— De bem a mediano.

— E como está a sra. Pilkey?

— Tão mal-humorada como sempre, e o dobro disso de fofa.

— Palavras justas para descrever os dois — diz Gwendy, e dá uma piscadela. — Aproveite o domingo, sr. Pilkey.

— Você também, mocinha. Mande lembranças aos seus pais.

Gwendy vai até uma mesa vazia perto da janela, cumprimentando com a cabeça várias outras pessoas da ci-

A PENA MÁGICA DE GWENDY

dade, muitas de roupas de igreja, e se senta. Ao olhar ao redor, estima que conhece dois terços dos presentes. Talvez mais. Ela também avalia que talvez metade tenha votado nela em novembro. Castle Rock é sua cidade natal, mas também é, e talvez sempre seja, um ponto republicano.

— Eu achei que fosse você.

Gwendy ergue o olhar, sobressaltada.

— Meu Deus, Norris. Você me assustou.

— Desculpe. A cidade toda está tensa. — Ele indica a cadeira vazia. — Posso me sentar?

— Por favor — diz Gwendy.

O xerife se senta e ajusta o cinto com a arma no quadril.

— Eu recebi sua mensagem. Estava planejando ligar agora de manhã, mas precisava de café primeiro. A noite foi longa ontem.

Norris Ridgewick é dois anos mais velho do que Gwendy e ocupa o posto de xerife do condado de Castle desde que assumiu o lugar de Alan Pangborn no final de 1991. Com quase um metro e setenta e no máximo setenta quilos (com o uniforme, os sapatos e a arma), o xerife não causa um grande impacto físico, mas mais do que compensa sendo engenhoso e gentil. Gwendy sempre acreditou que Norris carrega um poço profundo de tristeza dentro de si, provavelmente por ter perdido

A PENA MÁGICA DE GWENDY

o pai quando tinha apenas catorze anos e a mãe uma década depois. Gwendy gosta muito dele.

— Por que foi tão longa assim? — pergunta ela. — Alguma novidade sobre as garotas?

O xerife varre a lanchonete com o olhar. Gwendy segue o foco dele e repara que muitos dos outros clientes pararam de comer e estão olhando para eles.

— Não muitas — diz ele, e baixa a voz. — Estamos investigando algumas pistas sobre a garota Tomlinson. Um professor de meio período na escola dela. Um zelador na escola de dança que frequentava. Mas nenhum dos dois é exatamente o que eu chamaria de... suspeitos principais.

— E a garota Hoffman?

Ele dá de ombros e acena para chamar atenção da garçonete.

— Essa é ainda mais difícil. Nós reduzimos a janela de tempo pra menos de catorze minutos. Foi o tempo que o irmão ficou fora de casa. Nesses catorze minutos, alguém quebrou o vidro da porta dos fundos, entrou em casa, tirou Carla Hoffman do quarto e desapareceu sem deixar rastros.

— Sem deixar rastros — repete Gwendy num sussurro.

Ele assente.

| A PENA MÁGICA DE GWENDY |

— E sem luta, evidentemente. Não tem marcas na porta e em nenhuma parte da casa. Tinha nevado naquela manhã, mas as crianças tinham feito uma guerra de bolas de neve no jardim, então estava tudo um caos. Não havia nenhuma chance de encontrar pegadas ou marcas de botas. Ele poderia ter ido de carro, mas nenhum dos vizinhos viu nem ouviu nada.

— Chegou alguma coisa por aquela linha telefônica de denúncia anônima? — pergunta ela. — Eu vi que os Hoffman estão oferecendo recompensa.

— Umas ligações... mas só algumas poucas que valeram a pena seguir, o que estamos fazendo.

— Mais nada?

O xerife dá de ombros.

— Estamos nos esforçando ao máximo pra encontrar uma conexão entre as duas garotas, mas, até agora, não tem nada. Elas moram em bairros diferentes, frequentam escolas diferentes, têm cores de cabelo diferentes, tipos de corpo, passatempos. Não há sinal de que se conhecessem nem que tivessem amigos mútuos próximos. Nenhuma tem namorado nem se meteu em confusão.

— Quais são as chances de os dois desaparecimentos não terem relação?

— Duvidoso.

— O que seus instintos dizem?

A PENA MÁGICA DE GWENDY

— Que eu preciso de café. — Ele olha em volta em busca da garçonete de novo.

Gwendy olha para ele com irritação.

— O que foi? — pergunta ele. — Você acredita nessa baboseira de instinto?

— Acredito — diz ela.

O xerife respira fundo e solta o ar. Ele olha pela janela antes de encarar Gwendy de novo.

— Aconteceu muita coisa estranha em Rock ao longo dos anos, você sabe. O Grande Incêndio em 91, o bicho-papão Frank Dodd que matou aquela gente, o xerife Bannerman e os outros homens que foram mortos por aquele são-bernardo raivoso, porra, até mesmo a Escadaria Suicida. Se você acredita que foi um terremoto que a derrubou, eu tenho uma ponte pra te vender.

Gwendy fica sentada com cara de paisagem, uma expressão que aperfeiçoou depois de menos de um ano em Washington.

— Espero estar errado — diz ele com um suspiro profundo —, mas tenho a sensação de que nunca mais vamos ver essas garotas. Ao menos vivas.

29

DEPOIS DO CAFÉ DA MANHÃ, Gwendy atravessa a rua, vai até a Book Nook e compra as edições de domingo do *The New York Times* e do *The Washington Post*. A dona da livraria, uma mulher cheia de estilo com cinquenta e poucos anos chamada Grace Featherstone, cumprimenta-a com um abraço e vários minutos de reclamações com vocabulário riquíssimo relacionadas ao presidente Hamlin. Gwendy fica parada junto ao balcão, sem conseguir falar nada, assentindo com entusiasmo. Quando a mulher finalmente faz uma pausa, Gwendy paga pelos jornais e por um pacote de balas. Sai e se senta no carro para procurar notícias de Timor nos dois jornais. Ou, o mais importante, fotografias de Timor.

Vários anos antes, Ryan foi enviado ao Brasil para ajudar a cobrir uma história sobre uma série de cidades costeiras que tinham sido dominadas e acabaram sendo destruídas por um traficante da região. O marido dela passou três semanas escondido na selva com guerrilhas armadas, sem conseguir fazer nenhum contato. Durante essa época, a única forma que Gwendy tinha de confirmar a segurança de Ryan era localizando os créditos de fotografias dele nos jornais e em alguns sites na internet. Desde então, em momentos difíceis parecidos, esse método se tornou a rede de segurança de último recurso de Gwendy. Ver o nome de Ryan impresso em letrinhas pequenas ao lado de uma das fotos já bastava para acalmar o coração dela por um ou dois dias, até a foto seguinte aparecer.

Gwendy verifica e verifica de novo os dois jornais, as pontas dos dedos ficando manchadas de tinta, o banco do passageiro e o painel desaparecendo embaixo de uma montanha de papéis soltos e folhetos de propaganda, mas não encontra nenhuma fotografia. Cada jornal tem um artigo curto sobre o tema, mas estão enterrados nas páginas internas e são meras recontagens das mesmas histórias de antes. A Associated Press relatou recentemente on-line que uma força das Nações Unidas formada majoritariamente de pessoal da Força de Defesa Australiana tinha sido enviada para o Timor Leste para estabelecer e manter a paz. Depois disso, não se sabia de muita coisa.

30

Gwendy passa a maior parte da tarde de domingo fazendo compras de Natal com a mãe. A primeira parada é o Walmart, onde Gwendy compra quebra-cabeças para o pai e a sra. Peterson pega o último Walkman Sony da prateleira para Blanche Goff, velha vizinha e amiga, "usar nas caminhadas matinais pela pista de corrida da escola de ensino médio".

O celular de Gwendy toca a caminho do estacionamento. É o pai para ver como a mãe está. Gwendy olha para a mãe e diz que está tudo bem e promete ficar de olho nela. Antes que ela desligue, a sra. Peterson pega o telefone da mão da filha e diz:

— Assiste seus jogos de futebol americano e deixa a gente em paz, seu velho chato.

A PENA MÁGICA DE GWENDY

As duas entram no Subaru, guardam as sacolas no banco de trás e riem como duas adolescentes.

A verdade é que Gwendy *está* de olho na mãe, e até agora está muito feliz com o que viu. A sra. Peterson ainda parece um pouco frágil e certamente está com o andar mais lento, mas é de se esperar depois do que ela passou. O mais importante, ao menos para Gwendy, é o fato de que a atitude alegre e o senso de humor da mãe estão de volta, sem mencionar aquele sorriso doce. Essas coisas mal tinham aparecido ao longo das oito semanas de quimioterapia.

Depois do Walmart, as duas fazem um almoço leve no Cracker Barrel e seguem para o shopping perto da rodovia 119. O estabelecimento de dois andares está tão cheio e barulhento quanto um jogo de futebol americano de sexta à noite (parece que metade da população adolescente de Castle Rock está lá naquela tarde), mas elas não deixam que isso acabe com a diversão. Gwendy e a mãe passam as duas horas seguintes comprando o que falta na lista de presentes, comendo casquinhas duplas enquanto olham as pessoas na praça de alimentação e cantando junto da seleção infinita de canções de Natal que toca no sistema de som do shopping.

Na última parada do dia, Gwendy deixa a mãe sentada em um banco do lado de fora da Bart's Sporting Goods e entra para comprar uma roupa de chuva para

A PENA MÁGICA DE GWENDY

Ryan usar no caiaque. Foi o único pedido que ele fez antes da viagem, e ela está determinada a deixar o presente esperando debaixo da árvore. Gwendy está guardando o recibo do cartão na bolsa sem olhar para onde vai quando esbarra em outra cliente na saída da loja.

— Me desculpe — diz Gwendy, e olha para a frente e vê quem é. — Ah, meu Deus, Brigette!

A mulher alta e loura ri e pega a sacola de compras que caiu da mão.

— A mesma Gwendy de sempre, esbarrando em tudo.

Brigette Desjardin estava dois anos na frente de Gwendy na Castle Rock High. Naquela época, elas faziam corrida em ambiente fechado juntas e passavam muito tempo uma na casa da outra.

— Eu não te vejo desde… o desfile de Quatro de Julho? — pergunta Gwendy, e dá um abraço na amiga.

— Você também esbarrou em mim naquele dia.

Gwendy cobre a boca.

— Ah, meu Deus, você está certa, esbarrei. Me desculpe. — Gwendy tinha derrubado um copo de limonada da mão de Brigette, derramando a bebida no vestido novinho dela. — Eu nunca fui tão estabanada, mas acho que estou compensando nos últimos anos.

— Tudo bem, Gwen — diz Brigette, rindo. — Acho que sei como você pode compensar.

A PENA MÁGICA DE GWENDY

— Me diz.

Brigette ergue as sobrancelhas.

— Bom, você não deve saber ainda, mas eu fui eleita presidente da Comissão de Pais e Mestres em setembro.

— Que ótimo — diz Gwendy com admiração sincera. — Parabéns.

— Ah, que nada. — Brigette revira os olhos e sorri.

— Dona Senadora importantona.

— Eu não sou...

— Então, eu estou encarregada da comemoração de véspera de Ano-Novo este ano. Se o tempo permitir, vai ser ao ar livre, na praça. Eu queria saber...

Gwendy não diz nada. Ela pode adivinhar o que vem em seguida.

— ... se você pode dar uma passadinha e dizer algumas coisinhas?

Um dos ditos favoritos da mãe dela surge em sua mente: *Não escolha a coisa fácil a fazer, escolha a coisa certa a fazer.*

— Seriam só uns três ou quatro minutos, mas entendo se você não puder ou não quiser ou se já tiver outros...

Gwendy coloca a mão no ombro da amiga.

— Vai ser um prazer ir.

Brigette dá um gritinho e passa os braços em torno de Gwendy.

A PENA MÁGICA DE GWENDY

— Obrigada, obrigada! Você não faz ideia de como é importante pra mim.

— Só toma cuidado pra não estar segurando uma caneca de chocolate quente quando eu estiver chegando.

Brigette ri e relaxa o abraço de urso.

— Combinado.

— Eu te ligo semana que vem pra você me dizer quando e onde aparecer.

— Perfeito. De novo, *muito* obrigada. — Ela começa a se afastar, mas se vira de volta. — Um Natal muito feliz pra você e sua família.

— Feliz Natal. Bom te encontrar.

Gwendy se vira e começa a andar pela passagem lotada. Na metade do caminho para o banco onde tinha deixado a mãe, a sra. Peterson fica visível, e Gwendy levanta a mão para acenar... mas nem chega nisso.

Sua mãe não está sozinha.

Com uma pontada de terror perfurando o peito, Gwendy vai abrindo caminho no meio da multidão.

31

— Quem era? — Gwendy quase grita, examinando freneticamente a multidão atrás do banco. — Com quem você estava conversando?

A sra. Peterson ergue o rosto com surpresa.

— O que... O que houve?

— O homem de chapéu preto, com quem você estava falando agorinha mesmo... Você o conhecia?

— Não. Ele disse que está visitando amigos na cidade. Fez umas perguntas e foi embora.

— Que amigos?

— Não perguntei isso — diz a sra. Peterson. — O que está acontecendo, Gwen?

Ela fica nas pontas dos pés, ainda procurando na multidão.

— Que tipo de perguntas ele fez?

A PENA MÁGICA DE GWENDY

— Bom, preciso pensar... Ele perguntou se eu gostava de Castle Rock. Eu falei que morei aqui a vida toda, que era meu lar.

— O que mais?

— Queria saber se eu podia recomendar um bom restaurante pra jantar. Disse que não fazia uma refeição decente havia semanas e que estava com muita fome, o que eu achei meio estranho considerando que ele estava muito bem-vestido.

— O que mais?

— Foi só isso. Foi uma conversa bem curta.

— Como ele era? Você consegue descrevê-lo?

— Ele era... — Ela pensa por um momento. — Alto e magro, e devia ter a sua idade. Eu acho que tinha olhos azuis.

A sra. Peterson se levanta e pega as sacolas no banco.

— Agora você vai me contar o que está acontecendo ou vou ter que começar a me preocupar com você também?

Gwendy pensa rápido e olha para a mãe com a mesma cara de paisagem.

— Tem um repórter que anda me incomodando há algumas semanas. Ele é insistente e não é muito simpático. Por um momento, tive medo de ele ter me seguido até aqui.

A PENA MÁGICA DE GWENDY

— Ah, querida — diz a sra. Peterson, e Gwendy se sente péssima por ter mentido para ela. — Esse cavalheiro pareceu muito gentil, mas acho que não dá pra saber, né?

Gwendy assente rápido.

— Está ficando cada vez mais difícil mesmo.

32

O AR FRIO FAZ BEM AOS PULMÕES de Gwendy, e a ardência nas pernas é como compensar o tempo de conversa perdido com uma velha amiga. Depois de deixar a mãe em casa, ela só queria ir para casa e se deitar na cama, mas seu cérebro tinha outras ideias. Principalmente depois do susto que ela passou no shopping.

Ela segue a estrada Pleasant pela colina sinuosa, a rua iluminada e alegre com todos os jardins cheios de luzes de Natal, até chegar à rodovia 117. A rua fica mais escura ali, só com um poste ou outro gerando círculos pálidos de luz amarela no chão abaixo; ela acelera o passo, a caminho da velha ponte coberta que passa por cima do riacho Bowie.

Para Gwendy, correr costuma ser tanto um ato de meditação quanto uma forma de exercício. Nos raros

A PENA MÁGICA DE GWENDY

dias de tempo ruim em que é obrigada a correr na esteira ou usar o StairMaster na ACM, ela costuma ouvir música no Walkman Sony, normalmente algo agitado e animado como Britney Spears ou Backstreet Boys, motivo de Ryan sempre pegar no pé dela. Mas, durante as corridas ao ar livre, quase sempre prefere correr em silêncio. Só ela e seus pensamentos mais profundos, os sons familiares da cidade ou do campo e a batida ritmada dos tênis no asfalto.

Naquela noite, ela está pensando no marido.

Claro que está preocupada com ele e ansiosa de ele não conseguir chegar a tempo do Natal, mas ela sabe que essas preocupações estão fora do controle dela e são até meio egoístas. Ryan tem um trabalho a fazer, um trabalho que às vezes é perigoso e que ele ama com todo o coração, e ela apoia essa paixão incondicionalmente... da mesma forma que ele apoia o trabalho dela. É parte do que faz os dois darem tão certo juntos. No dia a dia, podem preferir a simplicidade da companhia um do outro (uma caminhada no bosque, uma partida de buraco na mesa da cozinha, filmes até de madrugada no drive-in) a eventos lotados com traje formal e inaugurações de exposições de arte chiques, mas, quando o trabalho chama, cada um sabe como funciona. A verdadeira paixão quase sempre vem acompanhada de sacrifício.

A PENA MÁGICA DE GWENDY

Então, por que tanta tensão desta vez?, pergunta-se Gwendy quando se aproxima da velha ponte. Não é a primeira experiência assim deles. Ryan já viajou em vários outros trabalhos desde que eles começaram a namorar.

Um fluxo regular de respostas prováveis surge na mente dela enquanto ela corre: é por causa das festas de fim de ano; é porque a mãe ainda está se recuperando de uma doença que altera a vida; é porque a caixa de botões reapareceu na vida dela e ela não tem ideia do que fazer com o objeto.

Gwendy considera a pergunta mais um pouco, marca "todas as respostas acima" e acelera o passo, concentrando-se na rua à frente.

A lâmpada presa na parte externa da ponte coberta está apagada, provavelmente por ter servido de alvo de treino para algum morador com uma espingarda calibre 22. A entrada à frente lembra uma boca escura e faminta, mas Gwendy não quebra o ritmo. Ela entra no coração do túnel escuro, os passos rápidos ecoando ao redor, lembrando-a, como faziam quando ela era pequena, do antigo conto de fadas sobre o troll malvado que morava embaixo da ponte.

É só uma história, diz para si mesma, dando impulso com os braços. *Nada vai esticar a mão pra te segurar. Nada vai pular das vigas e...*

A PENA MÁGICA DE GWENDY

Está a poucos metros da saída quando ouve um barulho no escuro, logo atrás. Um som furtivo de arranhado como garras raspando no asfalto. Um dedo de medo desce pela coluna dela. Ela não quer se virar e olhar, mas não consegue evitar. Um par de olhos próximos, vermelhos como carvão, que não piscam, observa Gwendy das sombras. Ela sente as pernas começarem a falhar e manda que continuem se movendo, a respiração rápida e irregular. Quando afasta o olhar, ela está fora da ponte e de volta sob as estrelas da rodovia 117.

Devia ser só um guaxinim idiota, pensa Gwendy, contornando um buraco na estrada. Ela inspira ar frio para os pulmões e continua correndo, um pouco mais rápido agora, e não olha para trás.

33

COM TODAS AS COMPRAS de Natal feitas e os e-mails de trabalho respondidos, Gwendy passa a segunda e a terça antes do Natal se acomodando em uma rotina quase escandalosamente preguiçosa. Para ela, pelo menos. Na manhã de segunda, dorme até tarde (e acorda quase noventa minutos depois do seu horário habitual das seis da manhã depois de se obrigar a não colocar o despertador na noite anterior) e fica na cama até quase o meio-dia, botando noticiários e filmes da TV a cabo em dia. Depois do luxo de um longo banho de banheira, ela faz um almoço leve e vai para o jardim de inverno, onde se deita na namoradeira e se alterna entre olhar pelos janelões e fantasiar e ler o novo thriller de Ridley Pearson até o meio da tarde. Quando o sol de dezembro começa a inevitável descida na direção do horizonte, ela

A PENA MÁGICA DE GWENDY

marca a página onde parou, deixa o livro grosso numa mesa lateral e sobe a escada para trocar de roupa. Pega as chaves e vai para a casa dos pais jantar.

Depois de quase três meses sendo servida na própria cozinha, a sra. Peterson finalmente está se sentindo forte o suficiente para cozinhar de novo. Sob o olhar atento do marido, a sra. Peterson prepara e serve uma travessa fumegante de estrogonofe de carne e um prato em formato de árvore de Natal cheio de pãezinhos caseiros. A comida está deliciosa, e a sra. Peterson fica satisfeita consigo mesma de uma forma tão aberta e fofa que os sorrisos dela levam lágrimas aos olhos do marido.

Depois do jantar, Gwendy e o pai mandam a sra. Peterson ir para a sala enquanto tiram a mesa e lavam a louça. Depois, eles se juntam a ela para ver o filme *Contos de Natal* na televisão e abrem um quebra-cabeça novo.

Alguns minutos antes das nove, Gwendy dá boa-noite aos pais e dirige até em casa. Ela pensa em dar uma corrida, mas decide que não e acaba digitando a combinação de três dígitos do cofre, de onde pega a caixa de botões.

A caixa faz companhia no pé da cama enquanto ela veste uma camisola e escova os dentes. Ela se vê falando cada vez mais com o objeto, como fazia quando era mais nova. A caixa não responde, claro, mas ela tem quase

A PENA MÁGICA DE GWENDY

certeza de que escuta... e observa. Antes de guardá-la para ir dormir, Gwendy se senta na beira do colchão, coloca a caixa no colo e empurra a alavanca ao lado do botão vermelho. A prateleira estreita desliza, e nela há um macaquinho de chocolate. Ela admira os detalhes, leva o mimo lentamente até o nariz e inspira. Ela fecha os olhos. Quando os abre de novo, ela se levanta e vai com passos calmos até o banheiro para jogar o chocolate na privada. Diferentemente da última vez, não há pânico nem lágrimas.

— Viu? — diz para a caixa quando volta ao quarto. — Eu estou no controle aqui. Não você.

Ela guarda a caixa de botões no cofre e vai dormir.

A terça-feira é mais ou menos uma repetição do dia anterior, e há momentos em que Gwendy não consegue deixar de pensar em cenas de *O feitiço do tempo*, aquele filme bobo do qual Ryan gosta tanto.

Ela começa o dia de novo dormindo até tarde e ficando na cama na maior parte da manhã. Depois, toma um longo banho de banheira, termina o livro de Pearson logo depois do almoço e devora os quatro primeiros capítulos de um John Grisham novo.

Não está muito no clima de festas de fim de ano, mas se força a tirar a árvore de Natal artificial e as caixas de decoração do depósito. Monta a árvore no canto da sala e pendura a guirlanda do ano anterior na porta. Quando

A PENA MÁGICA DE GWENDY

o crepúsculo chega a Castle Rock, ela sobe a escada para trocar de roupa e vai para a casa dos pais, para outra dose de comida da mãe. O cardápio do dia é lasanha e salada, e Gwendy come duas porções generosas de ambas. Depois do jantar, ela e o pai novamente cuidam da louça e se juntam à sra. Peterson na sala. O filme da noite é *Natal branco*, e quando ele acaba e os créditos estão subindo, o sr. Peterson choca a esposa e a filha ao enrolar as barras da calça, fazer sua melhor imitação de Bing Crosby e executar a coreografia completa de "Sisters". A sra. Peterson, sem nem acreditar direito nos próprios olhos, desaba no sofá rindo tanto que acaba tendo um ataque de tosse, o que faz o marido correr para a cozinha para pegar um copo de água gelada. Ela toma goles grandes, começa a soluçar e solta um arroto enorme… E os três caem numa gargalhada delirante de novo. A festa acaba um pouco depois e Gwendy vai para casa, com neve dançando nos feixes de luz dos faróis.

Ela dirige pela cidade sem pressa e entra no apartamento às nove e meia, equilibrando e quase deixando cair a pilha de potes Tupperware que a mãe deu a ela. Tem sobra de lasanha, estrogonofe e cheesecake suficiente para durar até o Ano-Novo. Ela está lutando para abrir a geladeira quando o celular toca. Gwendy olha para a bancada onde deixou o aparelho, ao lado das chaves, e volta a atenção para a geladeira. Coloca o

A PENA MÁGICA DE GWENDY

pote maior na prateleira de cima, ao lado de caixas pela metade de leite e suco de laranja, e está tentando abrir espaço em uma prateleira mais baixa quando o telefone toca de novo. Ela o ignora e enfia os outros potes na geladeira, um depois do outro. O celular toca uma terceira vez enquanto Gwendy está fechando a porta da geladeira, e é quase como se um raio caísse do céu e a enchesse de bom senso.

Ela corre para o aparelho e derruba as chaves no chão.

— Alô! Alô!

No começo, não há nada... E, de repente, uma explosão de estática alta.

— Alô — diz ela de novo, tomada de decepção. — Tem alguém...?

— Oi, gatinha... Eu já ia desligar.

Todos os músculos do corpo dela ficam inertes, e ela precisa se apoiar na mesa para não cair.

— Ryan... — diz ela, mas a voz sai num sussurro.

— Está aí, Gwen?

— Estou aqui, meu bem. Estou tão feliz de ouvir sua voz. — As lágrimas vêm, descendo pelo rosto.

— Escuta... Eu não sei quanto tempo esta linha vai durar. A gente não está conseguindo nem enviar nossos relatórios pra revista e pra nenhum dos jornais... ontem... incêndios por toda parte.

— Você está bem, Ryan? Está em segurança?

A PENA MÁGICA DE GWENDY

— Eu estou bem. Queria te dizer... me cuidando e fazendo o possível... voltar pra casa, pra você.

— Eu estou com tanta saudade — diz ela, sem conseguir afastar a emoção da voz.

— Eu também estou, amor... sei quando vou poder ligar de novo, mas vou ficar tentando... até o Natal.

— A ligação está cortando.

Explosões de estática sequestram a linha. Gwendy afasta o celular do ouvido e espera que diminuam de intensidade. Em meio ao ruído, ouve a voz baixa do marido:

— ... te amo.

Ela encosta o telefone no ouvido.

— Alô! Está aí ainda? Por favor, se cuida, Ryan! — Está quase gritando agora.

A linha estala e fica em silêncio. Ela segura o aparelho com força contra o ouvido, ouvindo e torcendo por mais uma palavra, qualquer coisa, mas não vem nada.

— Eu te amo mais — sussurra ela por fim, encerrando a ligação.

34

QUARENTA E OITO HORAS de preguiça (ela tenta dizer a si mesma que não estava sendo preguiçosa, só relaxando e aliviando a pressão — mas nem ela acredita) é tudo que Gwendy consegue tolerar. Na quarta-feira, ela acorda ao amanhecer e vai correr.

Uma neve granulada e meio misturada com gelo está caindo e as ruas estão escorregadias, mas Gwendy segue em frente, o capuz do moletom bem amarrado em volta do rosto. Correr pelo centro de Castle Rock costuma ser uma experiência reconfortante para Gwendy. Ela segue pelo caminho normal: percorre a rua Principal, evitando as calçadas que não tiveram a neve removida, passa pela praça, pela biblioteca e pela Western Auto, faz o contorno mais longo pelo hospital e segue pelo Salão dos Cavaleiros de Colombo e de volta pela rua

View... E tem uma sensação de coisa certa no mundo, uma sensação de *pertencimento*. Ela viajou por todo o país a trabalho, primeiro como executiva de contas, depois como escritora/produtora e finalmente como funcionária pública, mas só existe uma Castle Rock, Maine. Assim como sua mãe tinha dito para o estranho de chapéu preto no shopping, ali é o lar dela.

Mas alguma coisa parece errada naquele dia.

Naquela manhã, ela se sente como uma visitante viajando por uma paisagem estrangeira e hostil. Sua mente está confusa e distraída, suas pernas lentas e pesadas.

Primeiro, ela bota a culpa da sensação em como a ligação com Ryan terminou na noite anterior, de forma abrupta e sem encerramento. Depois de desligar, ela chorou de preocupação até dormir.

Mas, quando passa na frente da delegacia ao seguir pela cidade, percebe que é uma coisa totalmente diferente. Pela primeira vez, ela entende o quanto está temendo a tarefa difícil que a aguarda mais tarde, ainda naquela manhã.

35

A PRIMEIRA IMPRESSÃO que Gwendy tem de Caroline Hoffman é a de que ela é uma mulher acostumada a ter as coisas do jeito dela.

Quando Gwendy entra na delegacia às dez para as dez (dez minutos adiantada para o encontro), está torcendo para que os Hoffman não tenham chegado ainda, para que ela e o xerife Ridgewick tenham tempo de discutir a investigação.

Mas os três já estão esperando na sala de reuniões. Não há sinal de Sheila Brigham, a antiga atendente do Departamento do Xerife de Castle Rock, e o policial George Footman acompanha Gwendy para dentro e fecha a porta depois que ela entra.

O xerife Ridgewick está sentado em uma das laterais de uma mesa longa e estreita com uma cadeira vazia

A PENA MÁGICA DE GWENDY

ao lado. O sr. e a sra. Hoffman estão diante dele, uma segunda cadeira vazia os separando. Formam um casal interessante. Frank Hoffman tem estatura mediana, usa óculos e está vestido com um terno marrom amassado que já viu dias melhores. Tem olheiras e um nariz fino que já foi quebrado mais de uma vez. Caroline Hoffman é pelo menos de sete a dez centímetros mais alta do que o marido e com ombros e peito volumosos e largos. Ela poderia ser lenhadora, uma coisa que não é inédita naquela parte do mundo. Está usando uma calça jeans e um moletom cinza da Harley Davidson com as mangas puxadas. Tem uma tatuagem de âncora decorando o braço grosso.

— Peço desculpas por deixar vocês esperando — diz Gwendy, e se senta ao lado do xerife. Ela coloca a bolsa de couro na mesa à frente, mas logo muda de ideia e a põe no chão quando se dá conta de que está molhada de neve. Usa a manga do suéter para limpar a pocinha que ficou.

— Bom dia, congressista — diz o xerife Ridgewick.

— A gente pode começar agora? — pergunta a sra. Hoffman, fuzilando o xerife com o olhar.

— Claro.

Gwendy se inclina para a frente e estica a mão, primeiro para o sr. Hoffman e depois para a esposa.

— Bom dia, sou Gwendy Peterson. Lamento muito conhecer vocês dois nestas circunstâncias.

A PENA MÁGICA DE GWENDY

— Bom dia — diz o sr. Hoffman com uma voz surpreendentemente grave.

— Nós sabemos quem você é — diz a sra. Hoffman, limpando a mão na perna da calça, como se tivesse tocado em algo desagradável. — A questão é: como você vai nos ajudar?

— Bem, vou fazer o que puder pra ajudar a localizar sua filha, sra. Hoffman. Se o xerife Ridgewick precisar…

— O nome dela é Carla — diz a mulher grande, interrompendo-a e estreitando os olhos de novo. — O mínimo que você pode fazer é dizer o maldito nome dela.

— Claro. Vou fazer o que puder pra ajudar a encontrar a Carla. Se o xerife precisar de mais pessoal, vou cuidar pra que ele tenha. Se precisar de mais equipamentos ou veículos, vou cuidar disso também. O que for preciso.

A sra. Hoffman olha para o xerife Ridgewick.

— O xerife precisa agora que alguém venha mostrar a ele como fazer o trabalho dele direito.

Gwendy se irrita.

— Espere um minuto, sra. Hoffman…

O xerife toca no antebraço de Gwendy para silenciá-la. Ele olha para os Hoffman.

— Eu sei que vocês estão desesperados por respostas. Sei que estão infelizes com a maneira como a investigação está progredindo.

A PENA MÁGICA DE GWENDY

A sra. Hoffman dá uma risadinha.

— Progredindo...

— Mas garanto que eu e meus homens estamos trabalhando sem parar pra procurar cada pedacinho de prova possível. Ninguém vai descansar enquanto não descobrirmos o que aconteceu com a sua filha.

— É que estamos tão preocupados... — diz o sr. Hoffman. — Estamos doentes de preocupação.

— Eu entendo — diz o xerife. — Todo mundo entende.

— Jenny Tucker do salão de cabeleireiros diz que vocês estavam olhando a fazenda Henderson ontem — diz a sra. Hoffman. — Quer me dizer o motivo disso?

O xerife suspira e balança a cabeça.

— Jenny Tucker é a maior fofoqueira da cidade. Você sabe disso.

— Não faz com que não seja verdade.

— Não, não faz. Mas, nesse caso, *não* é verdade. Até onde sei, ninguém foi até a fazenda Henderson.

— Por que não? — insiste ela. — Pelo que ouvi, ele cumpriu pena em Shawshank quando era mais jovem.

— Ora, sra. Hoffman, metade dos trabalhadores pesados do condado de Castle cumpriu em algum momento. Nós não podemos ir procurar em todas as casas.

— Diz pra gente uma coisa — diz ela, e inclina a cabeça para o lado como um galo agitado. — E dê

A PENA MÁGICA DE GWENDY

uma resposta direta, pra variar. O que você *tem*? Depois de uma semana inteira andando em círculos, o que você *tem*?

O xerife Ridgewick dá um suspiro profundo.

— Nós já conversamos sobre isso. Não posso contar mais do que já contei. Pra proteger a integridade da investigação...

A sra. Hoffman bate com um punho pesado na mesa e sobressalta todos os presentes.

— Mentira!

— Caroline, talvez a gente devesse... — diz o sr. Hoffman.

A sra. Hoffman se vira para o marido, os olhos em chamas. As veias grossas do pescoço dela parece que vão explodir.

— Eles não tão fazendo nada, Frank. Que nem eu falei. Não tão fazendo porra nenhuma.

Gwendy está ouvindo isso tudo com uma sensação de admiração desconectada, quase como se estivesse na primeira fila de uma plateia de estúdio em um *talk show* vespertino... Mas alguma coisa desperta nela. Ela levanta a mão em um esforço de controlar a sala e diz:

— Por que não paramos um minuto e começamos do zero?

Olhando para Gwendy de cara feia, a sra. Hoffman se levanta de repente e derruba a cadeira.

A PENA MÁGICA DE GWENDY

— Por que você não guarda essa baboseira feliz pro pessoal daqui que foi burro a ponto de votar em você? — Ela chuta a cadeira para se desvencilhar dela, cuspe voando dos cantos da boca. — Teve a pachorra de vir pra cá com essas roupas chiques e botas de quinhentos dólares, tentando se exibir pra nós como se a gente fosse burro! — Ela abre a porta e sai.

Gwendy fica olhando para a sra. Hoffman com a boca aberta.

— Eu não pretendia… só estava…

O sr. Hoffman se levanta.

— Congressista, xerife, vocês precisam desculpar a minha esposa. Ela está muito chateada.

— Não tem problema — diz o xerife Ridgewick, acompanhando-o até a porta. — Nós entendemos.

— Peço desculpas se alguma coisa que eu falei piorou as coisas — diz Gwendy.

O sr. Hoffman balança a cabeça.

— As coisas não podem piorar mais, moça. — Olha para Gwendy com atenção. — Você tem filhos, congressista?

Gwendy tenta engolir o caroço que sobe pela garganta.

— Não. Não tenho.

O sr. Hoffman olha para o chão e assente, mas não diz mais nada. E sai da sala.

A PENA MÁGICA DE GWENDY

O xerife Ridgewick fica olhando para ele e se vira para Gwendy.

— Correu tudo muito bem.

Gwendy olha ao redor, sem saber o que fazer. Tudo aconteceu tão rápido que a cabeça dela está girando. Ela acaba dizendo:

— Eu comprei essas botas na Target.

36

Gwendy fica andando para lá e para cá no apartamento pelo resto da tarde, vendo notícias na televisão e bebendo café demais. Saiu da sala do xerife horas antes se sentindo deprimida e incompetente em medidas iguais, como se tivesse decepcionado todos os presentes. Obviamente, tinha dito alguma coisa que despertou a ira da sra. Hoffman, e o xerife estava lidando muito bem com os dois antes de ela abrir aquela boca enorme. E o comentário desagradável sobre suas roupas e botas... incomodaram Gwendy. Não deveria, ela sabe, mas incomodaram. Desde que voltou a Castle Rock depois de tantos anos fora, ela tinha se acostumado a comentários mordazes ocasionais. Fazia parte do contexto. Então, por que deixou que aquilo a afetasse daquela forma?

A PENA MÁGICA DE GWENDY

— Bom, não fica aí parada — diz para a caixa de botões. — Descobre e me fala.

A caixa a ignora. Fica parada ali, na ponta da mesa, ao lado de uma caneca de café pela metade e de uma revista *TV Guide* velha, e responde a ela com aquele silêncio teimoso. Gwendy pega o controle remoto e aumenta o volume da televisão.

O presidente Hamlin está na beirada do gramado da Casa Branca, os braços cruzados em desafio, o helicóptero Marine One com a hélice girando ao fundo.

— ... e se continuarem a fazer essas ameaças contra os Estados Unidos da América — diz ele, exibindo sua melhor cara de durão para a câmera —, não vamos ter alternativa além de usar força contra força. Este grande país não vai recuar.

Gwendy assiste sem acreditar.

— Meu Deus, ele acha que está num filme.

O telefone dela toca. Sabe que é cedo demais para ter notícias de Ryan novamente, mas se arrasta pelo sofá e atende mesmo assim.

— Alô.

— Oi, Gwen. É seu pai.

— Eu estava pensando em vocês — diz ela, e bota a televisão no mudo. — Preciso levar alguma coisa para o jantar?

A PENA MÁGICA DE GWENDY

Há uma pausa breve, e ele responde:

— É por isso que estou ligando. Você ficaria muito chateada se a gente cancelasse hoje?

— Claro que não — diz ela e se senta mais ereta. — Está tudo bem?

— Tudo ótimo. Sua mãe só está com uma certa preguiça depois da consulta de hoje com o médico. Pra falar a verdade, eu também.

— Quer que eu compre alguma coisa no Pazzano e deixe aí? Seria um prazer.

— Gentileza sua, mas, não, não precisa. Vou esquentar lasanha e nós vamos dormir cedo.

— Tudo bem, mas me liga se mudar de ideia. E manda um beijo pra mamãe.

— Pode deixar, querida. Obrigado por ser uma filha maravilhosa.

— Boa noite, pai.

Gwendy desliga e olha para a árvore de Natal no canto. Uma fileira de luzes se apagou.

— Ah, tá, filha maravilhosa... Esqueci que ela tinha consulta hoje com o médico.

Ela se levanta, dá dois passos para o meio da sala e para. De repente, sente vontade de chorar, e não um chorinho leve. Sente vontade de cair de joelhos, esconder o rosto nas mãos e soluçar até desmaiar.

A PENA MÁGICA DE GWENDY

Com um aperto crescendo no peito, Gwendy desaba no sofá de novo. *Isso é patético*, pensa ela, limpando as lágrimas com a base da mão. *Simplesmente patético. Talvez um banho quente de banheira e uma taça de vinho...*

E aí ela olha para a caixa de botões.

37

GWENDY NÃO CONSEGUE LEMBRAR qual foi a última vez que saiu para correr duas vezes no mesmo dia. Se tivesse que dar um palpite, diria que foi no verão em que tinha doze anos, o mesmo verão em que Frankie Stone começou a chamá-la de Goodyear e ela decidiu fazer alguma coisa em relação ao peso. Ela correu para todos os lados naquele verão: para o mercado da esquina quando precisava comprar ovos e pão para a mãe, para a casa de Olive para ouvir discos e devorar a edição mais recente da revista *Teen*, e, claro, todas as manhãs (mesmo aos domingos) ela subia a Escadaria Suicida correndo até o Parque Recreativo de Castle View. Quando as aulas voltaram, em setembro, Gwendy tinha perdido quase sete quilos de gordura infantil e a caixa de botões estava escondida no fundo do armário

A PENA MÁGICA DE GWENDY

do quarto dela. Depois disso, a vida nunca mais seria a mesma.

Naquela noite, ela corre rápido pelo centro da rodovia 117, apreciando a sensação do coração batendo forte no peito. A neve parou de cair umas horas antes, por volta da hora do jantar, e os limpadores de neve estão ocupados limpando ruas menores tarde daquele jeito. No pé da colina, ela passa por um grupo de homens usando capacetes e coletes laranja com SPCR escrito: *Serviços Públicos de Castle Rock*. Um deles deixa cair a pá que está usando e a aplaude com entusiasmo. Ela abre um sorriso, faz sinal de positivo para o homem e segue em frente.

O pedacinho de chocolate que a caixa de botões forneceu era do formato de uma coruja, e Gwendy ficou olhando com uma fascinação encantada para os detalhes impressionantes, as linhas irregulares de cada pena, a ponta do bico, as poças de sombras escuras que formavam os olhos, antes de o colocar na boca e deixar que se dissolvesse na língua.

Houve um momento de *satisfação* completa (em relação a que, ela não sabia, talvez a *tudo*) e uma onda de clareza e energia impressionantes se espalharam pelo corpo. De repente, ela não só tinha parado de sentir vontade de chorar como seu corpo todo passou a parecer mais leve, sua visão mais clara e as cores do apartamento

A PENA MÁGICA DE GWENDY

mais intensas e mais vibrantes. Era assim quando ela era mais nova? Ela não se lembrava exatamente. Ela só sabia que de repente era como se asas tivessem brotado nela, como se ela pudesse sair voando até o céu para tocar na lua. Na mesma hora, vestiu as roupas de correr e os tênis e foi para a rua.

Não, não imediatamente, ela lembra a si mesma enquanto passa pelo posto Sunoco na direção da rua Principal e do centro da cidade.

Uma outra coisa aconteceu primeiro.

No meio de tantos sentimentos bons, de tantos sentimentos *maravilhosos*, ela se viu de repente fixada no botão vermelho no lado esquerdo da caixa, depois se pegou esticando lentamente o dedo para tocar nele, acariciar a superfície brilhante, e o pensamento de apertá-lo e apagar o presidente Richard Hamlin da face da Terra foi serpenteando dentro do porão do cérebro dela como um filete de sonho esquecido logo antes de acordar.

Opa, garota, sussurrou uma vozinha dentro da cabeça de Gwendy. *Tome cuidado com o que fantasia, porque aquela caixa consegue ouvir você pensando. Não duvide, nem por um segundo.*

Só então ela puxou o dedo com cautela e subiu a escada para vestir a roupa de correr.

38

O DIA SEGUINTE AMANHECE claro e frio. Um vento forte sopra do leste, rodopia em meio às árvores e forma montes de neve junto aos pneus dos carros estacionados e às laterais dos prédios. No brilho do sol matinal, o cobertor de neve com superfície de gelo está quase brilhante demais para se conseguir olhar.

Gwendy para o carro no acostamento da estrada estreita e tira os óculos escuros. Tem uns seis veículos do departamento do xerife estacionados em uma linha irregular na frente dela. Um grupo de policiais uniformizados está reunido entre duas viaturas, a cabeça abaixada, perdido em conversa. Há um campo aberto de uns seis a oito hectares contornado por um bosque profundo na lateral da estrada. Árvores densas ocupam

A PENA MÁGICA DE GWENDY

o outro lado, bloqueando os raios de sol e fazendo a temperatura lá cair em uns cinco graus.

O xerife Ridgewick vê o carro dela e se afasta do grupo de homens. Começa a andar na direção de Gwendy, que sai do carro para encontrá-lo no meio do caminho.

— Obrigado por vir tão rápido — diz ele. — Achei que você ia querer estar aqui.

— O que está acontecendo? — pergunta ela enquanto fecha a jaqueta pesada. — Encontrou as meninas?

— Não. — Ele olha para o campo aberto. — Ainda não. Mas encontramos o moletom que Carla Hoffman estava usando na noite em que desapareceu.

Ela olha ao redor.

— Longe assim?

Ele assente e aponta para o canto nordeste do campo. Gwendy segue o dedo dele e, apertando os olhos, consegue identificar duas figuras escuras camufladas no fundo de árvores.

— Um dos meus homens viu hoje de manhã. O vento estava soprando com tanta força que estava se deslocando pelo campo. Foi o que chamou a atenção dele. Isso e a cor.

— Cor?

— Nós soubemos depois da conversa com o irmão mais velho da Carla que ela estava usando um moletom

A PENA MÁGICA DE GWENDY

rosa da Nike na noite em que foi levada. O policial viu uma coisa pequena e rosa rolando pelo campo e parou o carro. Primeiro, achou que fosse só uma sacola de plástico de mercado. Quando o vento sopra forte como hoje, essas árvores agem como uma espécie de túnel de vento, e todo o tipo de porcaria sai voando por aqui. Latas vazias. Embalagens de comida. Sacolas de plástico, sacos de papel, tudo que você imaginar.

— Me parece que seu policial merece um aumento por ir olhar.

— Ele é um bom homem. — O xerife olha para Gwendy com atenção. — Todos os meus homens e mulheres são.

— E o que vai acontecer agora?

— A equipe de coleta de provas está lá agora olhando o moletom. O policial Footman está convocando mais gente para conduzir uma busca na região ao redor daqui. Você está convidada a ajudar se desejar. Metade da cidade vai aparecer se a gente deixar, provavelmente.

Gwendy assente.

— Acho que vou ajudar. Tenho um chapéu e luvas no carro.

— É um jeito horrível de passar a antevéspera de Natal. — Ele dá um suspiro profundo. — De qualquer modo, a gente deve levar uma hora pra começar. Seria uma boa você entrar e ligar o aquecedor. — Ele começa a andar na direção dos outros homens. — Tem café e rosquinhas em uma das viaturas se você quiser.

Gwendy não registra a proposta. Está olhando para o campo coberto de neve com a testa franzida.

— Xerife... se seu policial encontrou o moletom rolando sobre a neve e parou de nevar em algum momento ontem à tarde, isso quer dizer que o moletom foi abandonado em algum momento nas últimas... — Ela pensa. — Dezesseis horas, mais ou menos.

— Talvez — diz ele. — A não ser que estivesse escondido em algum lugar e o vento o soltou depois que a neve parou.

— Ah — diz Gwendy. — Não tinha pensado nisso.

— Só sei que não tem casas num raio de cinco quilômetros, e esse trecho de estrada é usado basicamente por caçadores. O moletom nos encontrou por acidente, ou era pra gente encontrar. — Ele olha para os homens reunidos entre os carros e de novo para Gwendy. — Eu apostaria na segunda opção.

39

O xerife Ridgewick está certo sobre uma coisa: metade da cidade de Castle Rock aparece para a busca. Ao menos, é a impressão que Gwendy tem quando assume sua posição na fila comprida e arqueada composta de moradores — a maior parte das mulheres usando casacos coloridos e botas, a maioria dos homens usando o uniforme padrão de outono de um homem adulto da Nova Inglaterra: camuflado. Quando começam a se espalhar pelo campo, Gwendy olha em volta e vê gente idosa andando ao lado de casais jovens e casais jovens andando ao lado de universitários e estudantes de ensino médio. Mesmo em circunstâncias tão horríveis, a imagem leva um sorriso rápido ao rosto dela. Apesar de tantas histórias sombrias e idiossincrasias, Castle Rock ainda é um lugar que cuida dos seus.

A PENA MÁGICA DE GWENDY

As instruções do xerife para o grupo são bem simples: andar devagar, lado a lado, com no máximo um metro e meio de distância das pessoas da direita e da esquerda; quem encontrar alguma coisa, qualquer coisa, não deve tocar nem chegar perto demais, é para chamar um dos policiais, que vai correndo.

Gwendy olha para o terreno coberto de neve à frente e manda os pés se moverem devagar, embora a temperatura baixa faça com que ela deseje acelerar o passo. As bochechas estão ardendo e os olhos estão lacrimejando por causa das rajadas constantes de vento. Pela primeira vez naquela manhã, seus pensamentos se desviam para a caixa de botões. Ela sabe que comer o chocolate foi um erro, um momento de fraqueza, e está determinada a não deixar acontecer de novo. Aquilo a fez se sentir melhor na noite anterior, é verdade... Bom, bem mais do que isso, se ela quiser ser completamente sincera consigo mesma. E quando ela se olhou no espelho do banheiro de manhã, sentindo-se mais descansada e mais pura de alma do que se sentia havia meses, e reparou que as olheiras que tinham se alojado debaixo dos olhos dela tinham sumido, de repente a magia dos chocolates não pareceu uma ideia tão ruim, afinal.

Mas então ela se lembrou do dedo roçando na superfície lisa do botão vermelho e daquela vozinha

A PENA MÁGICA DE GWENDY

sussurrando na cabeça (*Tome cuidado com o que fantasia porque aquela caixa consegue ouvir você pensando*) e tremeu com a lembrança e se esforçou para afastá-la para bem longe.

— Gwendy, querida — diz uma voz, arrancando-a dos pensamentos. — Como vai sua mãe?

Gwendy estica a cabeça para a frente e olha primeiro para a direita, depois para a esquerda. Uma mulher mais velha, um pouco mais distante na fila, levanta a mão enluvada e acena.

— Sra. Verrill! Eu nem a vi aí.

A mulher sorri para ela.

— Tudo bem, querida. É difícil saber quem é quem quando estamos todos tão cobertos assim.

— Minha mãe está bem melhor. Obrigada por perguntar. Ela voltou pra cozinha e está pronta pra expulsar meu pai de casa pra poder ter paz e tranquilidade.

A sra. Verrill leva a mão à boca e dá uma risadinha.

— Bem, diz a ela que eu mandei um oi e que adoraria passar lá pra vê-la qualquer hora dessas.

— Pode deixar, sra. Verrill. Tenho certeza de que ela ficaria feliz.

— Obrigada, querida.

Gwendy sorri e volta o foco para o campo de neve intocada que se estende à frente. Ela acha que faltam uns cinquenta ou sessenta metros para chegarem às

A PENA MÁGICA DE GWENDY

árvores. *E depois?*, pensa ela. *Nós voltamos ou seguimos em frente?* Ela devia ter perdido quando o xerife Ridgewick falou...

Ao sentir que o homem andando imediatamente à direita está olhando fixamente para ela, Gwendy olha na direção dele. Ela está certa; os olhos castanhos a examinam com atenção. O homem é jovem, tem vinte e poucos anos; está mal agasalhado, com uma camisa de flanela para fora da calça e um boné do Buffalo Bills. De repente, ele ri e olha para além dela.

— Eu falei que era ela, paizão.

— Como? — diz ela, confusa.

Uma voz baixa à esquerda dela diz:

— Eu achava que ela era nova demais pra ser governadora... ou senadora.

Gwendy olha da esquerda para a direita e de volta para a esquerda.

— Eu... Eu não sou nenhuma das duas coisas.

O homem mais velho coça o queixo com barba por fazer.

— Então você é o quê?

— Eu sou...

— Ela é congressista — diz o homem mais jovem, com expressão de constrangimento. — Eu te falei isso.

— Acho que estou perdida aqui — diz Gwendy, exasperada. — A gente se conhece?

A PENA MÁGICA DE GWENDY

— Não, senhora. Meu nome é Lucas Browne e aquele ali é meu pai.

— Charlie — diz o homem, colocando a mão na barriga e fazendo uma reverência leve. — Terceira geração em Castle Rock.

— Espere aí. Então seu nome é... Charlie Browne? Ele faz outra mesura.

— Às ordens.

O homem mais jovem geme e fica ainda mais vermelho.

Eles até que são encantadores, pensa Gwendy.

— É que eu te vi enquanto o xerife estava falando — diz Lucas. — Cutuquei meu pai e falei quem você era. — Ele olha para o pai com o queixo erguido. — Mas ele não acreditou em mim.

— Não acreditei, admito — diz ele, as mãos erguidas. — Achava que precisava ser bem mais velha pra ter um cargo alto assim no governo.

Gwendy abre um sorriso largo.

— Bom, vou interpretar como um elogio. Obrigada.

Com um sorriso, o homem mais velho estufa o peito.

— O meu garoto ali é o inteligente da família. Dois anos de faculdade em Buffalo... antes de se meter em confusão. Mas ele vai voltar e terminar o que começou, algum dia, em breve. Não é, filho?

A PENA MÁGICA DE GWENDY

Lucas, de repente parecendo preferir estar em qualquer outro lugar do mundo no momento, assente.

— Sim, senhor. Um dia.

— Bom, foi um prazer conhecer vocês dois — diz Gwendy, ansiosa para encerrar a conversa. — É sempre bom conhecer...

— O que é aquilo? — pergunta Lucas, apontando para um objeto escuro surgindo no meio das árvores à frente deles. Um murmúrio de vozes erguidas percorre a fileira. As pessoas começam a apontar. Alguém da extremidade esquerda quebra a formação e corre atrás do objeto, escorrega e cai de cara na neve. Várias pessoas dão gritos sarcásticos.

Primeiro, Gwendy acha que é uma sacola de plástico de supermercado, como o xerife tinha descrito mais cedo. É do tamanho e formato certo e está voando na corrente de vento para cima, para baixo, girando em círculos apertados, caindo no chão e subindo de novo.

Mas, na metade do campo aberto, o objeto parece mudar inexplicavelmente de direção no meio do voo. Vira radicalmente para a direita e vai na direção dela

... e Gwendy tem um flashback de uma tarde dourada de abril com muito vento que passou ao lado de um garoto que ela amava, soltando pipa e de mãos dadas e sentindo que a felicidade deles duraria para sempre e...

A PENA MÁGICA DE GWENDY

naquele momento, ela entende que é um chapéu indo na direção dela no vento forte, um chapeuzinho preto.

O objeto escuro vira de repente para a esquerda e se afasta dela em alta velocidade e, por um momento breve e esperançoso, Gwendy acredita que está enganada, que é só uma sacola de mercado, afinal... Mas o vento muda de novo e o objeto volta, chega cada vez mais perto, desvia e dá cambalhotas pelo chão congelado diretamente aos pés dela...

... onde Lucas Browne pula e pisa nele, interrompendo o percurso do chapéu.

— Olha só isso — diz Charlie Browne, os olhos arregalados do tamanho de dólares de prata de 1891. Ele se inclina para pegar o objeto.

— Para! — grita Gwendy. — Não toca nisso!

O homem puxa a mão de volta e olha para ela.

— Por quê?

— Pode... Pode ser uma prova.

— Ah, é — diz ele, empertigando-se e dando um tapa na lateral da própria cabeça.

Um grupinho já tinha se reunido em torno deles.

— O que é?

— É o que eu acho que é?

— Vocês viram aquela virada? Parecia que alguém estava usando um controle remoto.

A PENA MÁGICA DE GWENDY

O policial Footman contorna o grupo de observadores.

— O que temos aqui?

— Desculpe por isso, policial — diz Lucas, tirando a bota do objeto. — Foi o único jeito de fazer parar.

O policial não diz nada. Apoia um joelho na neve e examina o objeto com atenção.

Não é uma sacola de mercado, claro.

É um chapéu, pequeno e preto.

Desbotado pelo tempo, surrado e gasto nas bordas da aba, um rasgo irregular de uns sete centímetros no alto do domo esmagado.

— Essa coisa está aqui desde sempre — diz o policial, levantando-se. — Não é útil pra gente. — Ele se afasta e o grupo começa a dispersar.

Gwendy não se mexe. Ela morde o lábio e olha para o chapéu preto, quase hipnotizada pela visão, sem perceber que Charlie Browne e o filho a estão observando. *Será que Farris está enviando algum tipo de mensagem? Ou fazendo alguma brincadeira comigo? Compensando o tempo perdido?*

Ela se curva para olhar melhor o chapéu imundo… e um sopro de vento o carrega para longe dela, na direção da estrada. O chapéu sobe e sobe, depois despenca no chão e rola de lado como um frisbee de criança por vários metros antes de subir e sair voando de novo.

A PENA MÁGICA DE GWENDY

Gwendy fica parada no meio do campo coberto de neve, os olhos erguidos para o céu, e vê o chapéu preto desaparecer no meio das árvores além da estrada. Quando se vira, a corrente humana vacilante de pessoas em busca se deslocou sem ela.

40

O CEMITÉRIO HOMELAND é o maior e mais bonito dos três cemitérios de Castle Rock. Há um portal de ferro alto na frente com um cadeado, mas ele só é usado duas vezes por ano: na noite de formatura do ensino médio e no Halloween. O xerife George Bannerman está enterrado no Homeland, assim como Reginald "Pop" Merrill, um dos mais conhecidos (e mais desagradáveis) cidadãos da cidade.

Gwendy passa pelo portão decorado enquanto o crepúsculo se espalha pelo ambiente, e não consegue decidir se o cemitério, com suas colinas e monumentos de pedra e sombras mais longas, parece tranquilo ou ameaçador. Talvez ambos, decide, e estaciona na via central antes de sair do carro. Talvez ambos.

Como sabe aonde vai, ela faz um trajeto direto pela neve na altura dos joelhos até um grupo espalhado de

A PENA MÁGICA DE GWENDY

marcadores de túmulos que fica no alto de uma colina íngreme, contornado por um bosque pequeno de pinheiros. Há borrões de terra exposta onde os galhos grossos das árvores impediram que a neve se acumulasse. As copas das árvores oscilam para lá e para cá, sussurrando segredos umas para as outras na brisa fria.

Gwendy para na frente de um pequeno marcador na última fileira. As árvores crescem muito juntas e bloqueiam a luz do fim do dia e cobrem o chão de sombras, mas ela sabe de cor o que está entalhado na lápide:

OLIVE GRACE KEPNES
1962-1979
Nosso anjo amado

Ela apoia um joelho na neve, que está só com alguns centímetros de profundidade ali, e passa as pontas dos dedos nos sulcos das letras e números. Como sempre, acha que quem ficou encarregado da inscrição fez um trabalho de merda. Onde estavam as datas exatas do nascimento e da morte da Olive? Eram dias importantes de serem lembrados e deveriam ter sido incluídos. E o que "Nosso anjo amado" dizia sobre a *verdadeira* Olive Kepnes? Nada. Não dizia nada que mantivesse a memória dela viva. Por que não mencionava que Olive tinha uma risada contagiante e sabia mais sobre Peter

A PENA MÁGICA DE GWENDY

Frampton do que qualquer outra pessoa no mundo? Ou que era uma profunda conhecedora de todos os tipos de doces e filmes de terror ruins na programação noturna da televisão? Ou que queria ser veterinária quando crescesse?

Gwendy se ajoelha na neve, os pés dormentes apesar das botas à prova d'água graças às horas de buscas infrutíferas no começo da tarde, e passa um tempo com a velha amiga até as poças e sombras se mesclarem e virarem uma só. Nessa hora, ela se despede e volta lentamente no escuro para o carro.

41

Gwendy tranca o carro e está na metade do caminho até a calçada do prédio quando ouve passos atrás de si.

Olha para trás e examina o estacionamento. A princípio, não vê ninguém, apesar de ainda conseguir ouvir os passos apressados. De repente, ela o vê: um homem, perdido nas sombras entre os postes de luz, andando na direção dela. A uns trinta metros, talvez, e andando rápido.

Gwendy se apressa até a entrada e digita a senha com dedos trêmulos. Tenta abrir a porta, mas ela nem se move.

Olha para trás de novo, em pânico agora. O homem está perto. Talvez a uns quinze metros. Ela não tem como ter cem por cento de certeza no escuro, mas parece que ele está de máscara de esqui cobrindo o rosto. Igual no sonho.

Gwendy digita o código de novo e se concentra em cada botão. A porta faz um ruído. Ela a abre, entra, bate a porta e corre pela escada até o segundo andar. Enquanto se enrola com a chave da porta do apartamento, ela ouve alguém sacudir a porta de entrada no andar de baixo para tentar entrar.

Ela destranca a porta e entra correndo. Depois de passar o trinco, corre para a janela e olha para fora.

O estacionamento está vazio. O homem não está em lugar algum.

42

— Bom dia, Sheila — diz Gwendy, um pouco ansiosa demais para um horário tão cedo. — Eu vim ver o xerife Ridgewick.

A mulher magra como um espantalho com cabelo ruivo vibrante e óculos combinando ergue o olhar da revista que está lendo.

— Oi, Gwendy. Pena que não te vi no outro dia. Soube que foi uma explosão danada.

Sheila Brigham cuida do cubículo de atendimento com paredes de vidro no Departamento do Xerife do Condado de Castle há quase vinte e cinco anos. Ela também é a encarregada da recepção e da cafeteira. Sheila começou no emprego assim que terminou a faculdade comunitária, quando a moda era calça boca de sino e George Bannerman patrulhava em Rock. Casou-se

A PENA MÁGICA DE GWENDY

e fez família ali, e cuidou bem de Alan Pangborn no seu período de dez anos de xerife; diferentemente da maioria, não permitiu que o incêndio de 1991 a assustasse, apesar de ter passado quase três semanas em um leito de hospital como consequência do desastre.

— Acho que não inspirei muita confiança nos nossos representantes eleitos — diz Gwendy.

Sheila balança a mão para dispensar a afirmação dela.

— Não se preocupe nem um pouco com isso. Carol Hoffman é azeda como limão até num dia bom, e olha que ela nem tem muitos assim.

— Mesmo assim, eu me sinto péssima. Coitada.

Sheila dá um grunhido.

— Se você quiser sentir pena de alguém, sinta pena daquele marido dela.

— Não tenho como discutir isso com você.

Ela pega a revista de novo.

— Pode ir lá para os fundos. Ele está te esperando.

— Obrigada. Feliz Natal, Sheila.

Ela solta o mesmo grunhido e volta a atenção para a leitura.

A porta da sala do xerife Ridgewick está aberta e Gwendy entra direto. Ele está sentado atrás da mesa, falando ao telefone. Levanta um dedo, fala "Um minuto" com movimentos labiais e faz sinal para ela se sentar.

A PENA MÁGICA DE GWENDY

— Eu entendo isso, Jay. Mas a gente não tem tempo. Preciso pra ontem. — O rosto dele se fecha. — Eu não dou a mínima. Só resolve isso.

Ele desliga e olha para Gwendy.

— Desculpe.

— Tudo bem — diz ela. — Agora, pra que tanto segredo? Por que você não podia me contar pelo telefone?

O xerife balança a cabeça.

— Não gosto desse seu celular. A última coisa de que precisamos agora é um vazamento.

— Você é tão paranoico quanto o meu pai. Ele está louco. Acha que toda a tecnologia do mundo vai entrar em colapso quando o relógio der meia-noite semana que vem.

— Diz isso pro Tommy Perkins. Ele alega que ouve umas seis conversas de celular por dia naquele rádio de ondas curtas.

Gwendy ri.

— Tom Perkins é um velho senil de mente suja. Você acredita mesmo no que ele diz?

O xerife dá de ombros.

— De que outra forma ele soube que Shelly Piper estava grávida antes do resto da cidade?

— Deve ser ele o pai, o velho pervertido.

O queixo do xerife cai e a boca forma um O perfeito.

A PENA MÁGICA DE GWENDY

— Gwendy Peterson.

— Ah, shh — diz ela, balançando a mão para ele.

— E pare de enrolar, Norris. A notícia é ruim assim?

O sorriso some do rosto dele.

— Infelizmente, é.

— Me conta.

Ele se levanta e fecha a porta. Depois que volta para a mesa, abre uma gaveta e tira dela um envelope grande.

— Dá uma olhada — diz ele, entregando o envelope para Gwendy.

Ela abre a aba e puxa duas fotografias coloridas brilhantes. É difícil identificar o que são os três objetos brancos pequenos na primeira foto, mas a segunda imagem é de perto e dá para ver bem melhor.

— Dentes? — diz ela, e olha para o xerife.

Ele assente.

— De onde vieram?

— Foram encontrados dentro do bolso do moletom rosa de Carla Hoffman.

43

Gwendy ainda está pensando nos três dentinhos horas depois, enquanto toma banho e se prepara para ir à missa de véspera de Natal com os pais.

A perícia já confirmou que os dentes são arquetípicos de uma pessoa do sexo feminino da idade de Carla Hoffman, e o xerife Ridgewick está em contato com o consultório de dentista da garota para verificar se há raios X arquivados. Os pais de Carla sabem sobre o moletom, mas não foram informados sobre a descoberta hedionda.

— É a primeira prova concreta — confiara o xerife a Gwendy. — A gente tem que ver aonde isso vai dar antes de começarem a falar pela cidade toda.

A descoberta dos dentes afastou os pensamentos do encontro apavorante da noite anterior no estaciona-

A PENA MÁGICA DE GWENDY

mento da mente de Gwendy, mas eles voltam agora, vinte e quatro horas depois, enquanto ela escolhe um vestido para ir à igreja.

A coisa toda parece um pesadelo. O homem estava de máscara, ela tem certeza agora. Mas, naquela época do ano, máscaras de esquiar são comuns. Fora isso, ela não se lembra de quase nada. Roupas escuras, talvez jeans, e algum tipo de sapato ou bota com salto. Ela tem certeza de que o ouviu antes de ver. Outra coisa: ela não tinha reparado em nenhum carro estranho no estacionamento, então ele estacionou em um lugar próximo e foi a pé ou morava ali perto.

Mas por que alguém faria isso?, pensa, escolhendo um vestido preto comprido e um par de botas de couro. *Estaria só tentando assustá-la? Ou era mais do que isso? Aliás, ele sabia que era ela? Talvez a coisa toda fosse uma pegadinha. Ou não tivesse nada a ver com ela.*

Gwendy também se pergunta por que preferiu não dizer nada sobre isso para o xerife Ridgewick naquela manhã, embora tenha uma teoria a respeito. Tudo aponta para a coruja de chocolate que ela comeu duas noites antes. É verdade que comer o chocolate a encheu na mesma hora de uma sensação de energia calma e clareza de visão (tanto do tipo interno quanto do externo), mas fez mais do que isso: deu a ela novamente a sensação de equilíbrio no mundo; uma sensação de confiança

A PENA MÁGICA DE GWENDY

que estava ausente nos meses anteriores. Sentir saudade de Ryan, hesitar no trabalho, preocupar-se com a mãe e com um presidente com o QI de um nabo e o temperamento de um valentão de parquinho de escola... de repente, ela sentiu que conseguia carregar sua parte do fardo de novo, e mais. *Tudo graças a uma espécie de droga maravilhosa... ou doce*, pensa ela. Era uma sensação incômoda de se ter, e de certa forma a fazia se sentir ainda mais culpada de ter comido o chocolate. Afinal, não era uma adolescente perdida e insegura como na primeira vez que a caixa de botões apareceu em sua vida. Era adulta agora, com anos de experiência em lidar com as bolas curvas que a vida jogava para ela.

Está prendendo o cinto de segurança e saindo do estacionamento para se encontrar com os pais na igreja quando a pergunta temida dá as caras feias de novo: *O quanto da vida dela é o que faz e o quanto é o que a caixa faz, com seus prêmios e botões?*

Gwendy nunca teve menos certeza da resposta.

44

DESDE QUE GWENDY SE CONHECE POR SI, os Peterson vão à missa de véspera de Natal das sete da noite na Igreja Católica Nossa Senhora das Águas Serenas e atravessam a cidade para a festa anual dos Bradley depois. Quando era pequena, Gwendy costumava passar o caminho sonolento para casa com a cabeça apoiada no vidro frio da janela do banco de trás, procurando um vislumbre do nariz vermelho aceso de Rudolph no céu escuro.

A missa daquela noite dura um pouco mais de uma hora. Hugh e Blanche Goff, os vizinhos dos Peterson de longa data, chegam cinco minutos atrasados. Gwendy chega para o lado para abrir espaço para eles no banco. A sra. Goff tem cheiro de naftalina e balinha de hortelã, mas Gwendy não se importa. Os Goff nunca conseguiram ter filhos, e ela é como uma filha para eles.

A PENA MÁGICA DE GWENDY

Gwendy fecha os olhos e se perde no sermão do padre Lawrence, a voz tranquilizadora dele tão parte das lembranças de infância dela quanto ir nadar aos sábados de manhã com Olive Kepnes na piscina do Parque Recreativo de Castle Rock. Poucas histórias do padre são novas para Gwendy, mas ela acha as palavras e o jeito dele de falar reconfortantes mesmo assim. Vê a alegria simples no rosto da mãe cantando com o coral e, pouco tempo depois, sufoca uma risadinha quando o sr. Goff solta gases durante a comunhão e ganha uma cotovelada gentil nas costelas, dada pelo pai.

Quando a missa acaba, os Peterson saem com o resto da congregação, param na entrada da igreja e se misturam aos amigos e vizinhos. Os cumprimentos mais espalhafatosos são reservados à mãe de Gwendy, pois é a primeira vez que ela vai à igreja em semanas. Mas há uma exceção. O padre Lawrence envolve Gwendy em um abraço de urso e chega a levantá-la do chão. Antes de desaparecer na casa paroquial, ele a faz prometer voltar em breve. Quando a multidão se dissipa, Gwendy acompanha o sr. e a sra. Goff até o carro no estacionamento e segue os pais até a mansão dos Bradley, na rua Willow.

Anita Bradley, como as fofocas de Castle Rock sussurram invejosamente há três décadas, casou-se velha, e foi com um homem rico. Depois que seu marido,

A PENA MÁGICA DE GWENDY

Lester, um magnata da madeira dezenove anos mais velho, sofreu um ataque cardíaco fatal no começo de 1991, muitos moradores acharam que quando o funeral estivesse encerrado e as questões legais resolvidas, Anita fecharia a casa e se mudaria para a costa ensolarada da Flórida ou talvez até para alguma ilha. Mas se enganaram. Castle Rock era o lar dela, insistia Anita, e ela não ia a lugar nenhum.

No fim das contas, ela ficar foi uma coisa muito boa para a cidade. Anita passou os quase nove anos desde a morte do marido doando tempo e dinheiro para uma longa lista de instituições beneficentes locais, voluntariando seu conhecimento de costura para ajudar a Sociedade Teatral da Castle Rock High School e servindo como chefe do Conselho de Curadores da biblioteca. Ela também faz uma torta de maçã deliciosa, que vende na Confeitaria da Nora ao longo de todo o verão.

Uma Anita sorridente e meio embriagada, com o cabelo grisalho comprido e volumoso preso em um coque de três andares que desafia a gravidade, recebe a família Peterson em casa com abraços delicados e beijos suaves como papel (e ásperos como lixa) nas bochechas. A casa de três andares dos Bradley ocupa mais de seiscentos e cinquenta metros quadrados no alto de uma colina rochosa e todos os aposentos são lotados de antiguidades

A PENA MÁGICA DE GWENDY

da virada do século. Gwendy sempre morreu de medo de quebrar alguma coisa de valor. Ela pega o casaco dos pais, tira o dela e deixa os três sobre um sofá vitoriano na biblioteca. Em seguida, vai para o salão de teto alto lotado, procurando rostos familiares, ansiosa para fazer uma aparição e voltar logo para casa.

Mas, como costuma acontecer em Castle Rock, rostos familiares da idade dela acabam sendo difíceis de encontrar. A maioria dos amigos próximos do ensino médio não voltou para Rock depois da faculdade. Como Gwendy, muitos arrumaram empregos nas próximas Portland, Derry ou Bangor. Outros se mudaram para estados distantes e só voltam para visitas ocasionais aos pais ou irmãos. Brigette Desjardin é uma de um pequeno grupo de exceções a essa regra, e parece ser a única presente na festa anual de Natal dos Bradley. Gwendy esbarra nela perto da tigela de ponche — sem incidentes infelizes de derramamento desta vez — e tem uma conversa animada e breve com Brigette e o marido, Travis, até que um amigo de Brigette da Comissão de Pais e Mestres os interrompe, embriagado. Gwendy sorri e segue em frente.

Claro que há muitos outros esperando para falar com Gwendy. Enquanto rostos familiares são raros, rostos simpáticos (e meramente curiosos) não o são. Parece

A PENA MÁGICA DE GWENDY

que todo mundo quer uma foto ou uma palavrinha ou duas com a Congressista Celebridade, e a enxurrada de perguntas vem com rapidez e fúria:

Cadê seu marido? Onde o Ryan está? ("Viajando a trabalho.")

Como vai sua mãe? ("Bem melhor, obrigada. Ela está por aqui, na verdade estou atrás dela.")

Como é o presidente Hamlin de verdade? ("Hum... Ele dá trabalho.")

Como estão as coisas na capital? ("Ah, está tudo bem, encarando a luta diária.")

Por que você não está bebendo? Vou pegar uma coisinha pra você. ("Não, obrigada. De verdade. Estou meio cansada e nem sou de beber muito.")

E aquelas garotas desaparecidas? ("É horrível e assustador, e sei que o xerife e o pessoal dele estão fazendo tudo humanamente possível para encontrá-las.")

Eu vi você correndo outra noite. Você não fica cansada de correr tanto? ("Na verdade, não. Eu acho relaxante. É por isso que corro.")

Eu devia me preocupar muito com o que está acontecendo na Coreia do Norte? Você acha que vamos entrar em guerra? ("Não precisa perder o sono por isso. Muitas coisas muito ruins teriam que acontecer para os Estados Unidos irem pra guerra, e não acredito que isso vá acontecer.")

Gwendy não tem tanta certeza assim em relação a essa

A PENA MÁGICA DE GWENDY

resposta, mas acha que é seu trabalho manter os eleitores calmos.

Quando localiza os pais sentados em um canto no lado oposto da sala conversando com um colega de trabalho do pai (o homem também pede "uma foto rapidinha", para a qual Gwendy sorri com obediência), ela está com a sensação de que chegou ao fim de um dia inteiro de divulgação de um livro novo. Também está com uma dor de cabeça lancinante.

Quando ficam sozinhos, ela diz para os pais que está exausta e pergunta se eles vão ficar bem na festa sem ela. A mãe diz que Gwendy precisa parar de trabalhar tanto e manda ela ir para casa, direto para a cama. O pai olha para ela com sarcasmo e diz:

— Acho que a gente consegue sobreviver sem sua luz-guia por uma noite, criança. Vá pra casa e descansa.

Gwendy dá um tapinha no braço dele, beijos de boa-noite nos dois e atravessa a sala na direção da biblioteca para pegar o casaco.

É nessa hora que acontece.

Uma mão musculosa surge no meio do mar de gente e segura o ombro de Gwendy, fazendo-a se virar.

— Ora, ora, vejam só quem é.

Caroline Hoffman aparece de repente na frente dela, estreitando os olhos injetados de sangue. A mão que

A PENA MÁGICA DE GWENDY

segura o ombro de Gwendy começa a apertar. A mão livre se fecha num punho enorme.

Gwendy olha em volta, procurando ajuda... mas o sr. Hoffman não está por perto, e nenhuma das outras pessoas na festa parece ter reparado no que está acontecendo.

— Sra. Hoffman, eu não sei o que...

— Você me enoja, sabia?

— Bem, sinto muito que você se sinta assim, mas eu não sei...

A mão aperta com mais força.

— Me solta — diz Gwendy, desvencilhando-se da mão da mulher com um movimento de ombro. Ela sente o bafo da sra. Hoffman, e não é de cerveja, é de coisa pesada. A última coisa que ela quer é uma cena antagônica.

— Olha, eu entendo que você está chateada e que não gosta muito de mim, mas aqui não é a hora nem o lugar.

— Eu acho a hora e o lugar perfeitos — diz a sra. Hoffman, um sorrisinho debochado feio se abrindo no rosto.

— Pra quê? — pergunta Gwendy com voz dura.

— Pra eu dar nessa sua cara arrogante.

Gwendy dá um passo para trás e levanta as mãos na frente do corpo, chocada com tudo aquilo.

— Está tudo bem? — pergunta um homem alto que Gwendy nunca viu.

A PENA MÁGICA DE GWENDY

— Não — diz ela, a voz trêmula. — Não está. Essa mulher bebeu demais e precisa de carona pra casa. Você pode ajudá-la a encontrar alguém? Ou talvez chamar o marido dela?

— Com prazer.

O homem se vira para a sra. Hoffman e tenta segurar o braço dela. Ela o empurra. Ele esbarra em um casal atrás e derruba a taça de vinho do homem. A taça cai no chão e se espatifa, e de repente todo mundo está olhando para o estranho alto e para a sra. Hoffman.

— Estão olhando o quê?! — diz ela, a voz arrastada, as bochechas volumosas se enchendo de cor. — Bando de pela-saco!

— Minha nossa — diz alguém atrás de Gwendy.

Gwendy aproveita a distração e vai rapidamente para a biblioteca, onde pega o casaco na pilha no sofá que já está enorme. Ela o veste, seca lágrimas furiosas e começa a andar de um lado para o outro na frente do móvel. *Como ela ousa botar as mãos em mim? Como ousa dizer aquelas coisas?* Andando mais rápido agora, ela sente o calor se intensificando pelo corpo. *Eu só estava tentando ajudar aquela grossa, e ela age como…*

Há um estrondo alto na sala ao lado.

E gritos de susto.

Gwendy corre para o salão, com medo do que pode encontrar.

A PENA MÁGICA DE GWENDY

Caroline Hoffman está caída inconsciente no piso de madeira, os braços esticados acima da cabeça. Um corte feio na testa está sangrando intensamente. Há um grupo reunido em torno dela.

— O que houve? — pergunta Gwendy, para ninguém em especial.

— Ela caiu — diz um homem idoso, parado na frente dela. — Tinha se acalmado um pouco e estava andando sozinha e simplesmente se virou e caiu e bateu a cabeça na mesa. A coisa mais maluca que eu já vi.

— Foi quase como se alguém a tivesse empurrado — diz outra mulher. — Mas não tinha ninguém.

Lembrando-se da onda de raiva que tinha acabado de sentir e de um sonho havia muito esquecido com Frankie Stone, Gwendy sai cambaleando da casa em um estado atordoado e não olha para trás.

Com a cabeça girando, leva vários minutos para lembrar onde parou o carro. Quando o localiza perto do fim da longa entrada de carro dos Bradley, entra e dirige para casa em silêncio.

45

Quando Gwendy chega em casa quinze minutos depois, veste uma camisola, lava o rosto, escova os dentes e vai direto para a cama. Ela nem liga a televisão, não carrega o celular e, pela primeira vez desde a reaparição, deixa a caixa de botões trancada dentro do cofre durante a noite.

46

Gwendy também não olha a caixa de botões na manhã seguinte. Outra novidade para ela.

O Natal chega escuro e carregado, com uma camada sufocante de nuvens densas sobre Castle Rock. A previsão do tempo avisa que vai nevar ao anoitecer, e os caminhões da cidade já estão espalhando sal no chão enquanto Gwendy segue pela rodovia 117 até a casa dos pais. Quase todas as casas pelas quais passa ainda estão com as luzes de Natal acesas às dez e meia da manhã. Por algum motivo, em vez de parecerem alegres e festivas, as luzes fracas e o céu carregado oferecem um pano de fundo deprimente para o trajeto.

Gwendy espera passar o dia com o mesmo humor ruim de quando foi para a cama, mas está determinada a esconder isso dos pais. Eles já têm problemas

A PENA MÁGICA DE GWENDY

suficientes, e ela não precisa estragar a comemoração de Natal.

Mas, quando chega a hora de tirar a mesa do brunch e trocar os presentes, Gwendy se vê com um humor surpreendentemente animado. Há algo em passar a manhã de Natal na casa em que cresceu que faz o mundo parecer seguro e pequeno de novo, ainda que por pouco tempo.

Como fazem todo ano, o sr. e a sra. Peterson reclamam do exagero de Gwendy com os presentes ("Nós pedimos pra você não fazer isso este ano, querida, a gente não teve tempo de sair e fazer compras!"), mas ela percebe que eles ficam surpresos e felizes com as escolhas dela. O pai, ainda de pijama e roupão por cima, senta-se na poltrona com as pernas para o alto e lê o manual do aparelho de DVD novinho. A mãe está ocupada experimentando o casaco e as botas da LL Bean no espelho de corpo inteiro no corredor. Há uma pilha de quebra-cabeças, camisetas e suéteres variados, um aparelho TiVo para que a mãe possa gravar digitalmente seus programas, um casaco masculino LL Bean e vales--presente com assinaturas das revistas *National Geographic* e *People* embaixo da árvore, ao lado dos presentes ainda embrulhados do Ryan.

Gwendy fica igualmente satisfeita com os próprios presentes, especialmente o diário lindo com capa de

A PENA MÁGICA DE GWENDY

couro que a mãe encontrou em uma lojinha em Bangor. Ela está sentada no sofá da sala, sentindo a textura do papel grosso nas pontas dos dedos, quando o pai se aproxima com um envelope vermelho grande na mão.

— Mais um presentinho, Gwennie.

— O que é? — pergunta ela, e pega o envelope.

— Surpresa — diz a sra. Peterson, aproximando-se e se sentando no braço da poltrona do marido.

Gwendy abre o envelope e tira dele um cartão. Tem uma árvore de Natal cintilante decorando a frente. Uma garotinha de marias-chiquinhas está parada diante da árvore, olhando para cima com expressão maravilhada. Gwendy abre o cartão... e uma pequena pena branca cai e flutua até o tapete aos pés dela.

— Isso é...? — ela começa a perguntar, os olhos arregalados. Lê o que o pai escreveu dentro do cartão...

Você sempre acreditou em magia, querida Gwendy, e a magia sempre acreditou em você.

... e não consegue encontrar palavras para terminar. Ela olha para os pais. Eles estão com um sorriso bobo na cara. Há lágrimas de felicidade nos olhos da mãe.

Gwendy se curva e pega a pena, olha sem acreditar.

— Eu não consigo nem... — Ela vira a pena na mão. — Como vocês... *onde* encontraram?

A PENA MÁGICA DE GWENDY

— Eu encontrei na garagem — diz o pai com orgulho. — Estava procurando um parafuso de dez milímetros em um daqueles armários com os quais você gostava tanto de brincar quando era pequena. O que tem as gavetinhas, sabe?

Gwendy assente sem dizer nada.

— Abri a última gaveta da última fileira e lá estava. Eu mesmo não consegui acreditar.

— Você deve ter escondido lá — diz sua mãe. — Quando? Quase uns trinta anos atrás.

— Eu não lembro — diz Gwendy. Ela olha para os pais e, desta vez, é ela quem está com o sorriso bobo. — Não acredito que vocês encontraram minha pena mágica...

47

Quando Gwendy tem dez anos, a família dela passa uma semana no norte do estado de Nova York visitando um dos primos do sr. Peterson. O mês é julho, e o primo (Gwendy não lembra mais o nome dele, nem o da esposa e dos três filhos; pelo que consegue lembrar, eles nunca mais se viram, exceto em ocasionais casamentos e enterros) tem uma casa de verão em um lago, então sempre há o que fazer. Eles andam de canoa, nadam, pescam, pulam de balanço de pneu e até fazem esqui aquático. Tem também uma cidadezinha próxima com um minigolfe e um escorrega de água para os turistas.

Gwendy passa o verão todo ansiosa pela viagem. Começa a guardar dinheiro assim que o ano letivo termina, as moedas de vinte e cinco centavos que ganha por ajudar o pai a limpar a garagem e a mãe a passar espanador na casa toda. Quando arruma a mala e entra no banco de trás para o trajeto de sete

A PENA MÁGICA DE GWENDY

horas, já conseguiu juntar quase quinze dólares em moedas. Seu plano é guardar a maior parte do dinheiro para os dois últimos dias de viagem e se esbaldar. Doces, revistas em quadrinhos, sorvete, talvez até um rádio de bolso com fone de ouvido se tiver sobrado o suficiente.

Mas não é assim que acontece.

Minutos depois que chegam, o sr. e a sra. Peterson desaparecem na casa para fazer a "visita completa" e Gwendy se vê parada ao lado do carro, cercada por um grupo de crianças locais, inclusive os três filhos do primo, que estão passando o verão no lago. Os garotos estão sem camisa e bronzeados e parecem selvagens, com o cabelo desgrenhado e os olhos vidrados de açúcar. As garotas têm pernas compridas e parecem indiferentes e são mais velhas.

Nervosa e sem saber o que fazer, Gwendy acaba abrindo a mala e mostrando às crianças o saco de plástico cheio de moedas. A maioria não liga e alguns até riem dela. Mas um dos garotos mais velhos não ri; ele parece interessado, talvez até impressionado. Ele espera os outros se afastarem, gritando e berrando no quintal, e se aproxima de Gwendy.

— Ei, garota — diz ele, olhando em volta. — Tenho uma coisa que pode te interessar.

— O quê? — pergunta Gwendy, mais nervosa agora que está sozinha com um garoto, mais velho e bonito.

Ele enfia a mão no bolso de trás do short jeans cortado e, quando a mão reaparece, está segurado uma coisa pequena, fofa e branca.

A PENA MÁGICA DE GWENDY

— Uma pena? — pergunta Gwendy, confusa.

Uma expressão de repulsa surge no rosto do garoto mais velho.

— Não é uma pena qualquer. É uma pena mágica.

Gwendy sente o coração dar um pulo.

— Mágica?

— Isso mesmo. Pertenceu a um chefe indígena que morava aqui. Ele também era curandeiro, bem poderoso.

Gwendy engole em seco.

— O que ela faz?

— Faz... coisas mágicas — diz ele. — Você sabe, tipo dar sorte e te deixar mais inteligente. Coisas assim.

— Posso segurar? — pede Gwendy, quase sem ar.

— Claro, mas eu estou ficando meio cansado de cuidar dela. Está comigo há anos. Tem interesse em ficar com ela?

— Você quer me dar?

— Não dar — diz ele. — Vender.

Gwendy nem hesita.

— Por quanto?

O garoto leva um dedo sujo aos lábios, pensativo.

— Acho que dez dólares é um preço justo.

Gwendy murcha um pouco os ombros.

— Não sei... É muito dinheiro.

— Não por uma pena mágica. — Ele começa a guardar a pena de volta no bolso. — Mas tudo bem, vou vender pra outra pessoa.

A PENA MÁGICA DE GWENDY

— Espera — diz Gwendy de repente. — Eu não disse não.

Ele olha para ela com o nariz erguido.

— Você também não disse sim.

Gwendy fita o saco plástico cheio de moedas e olha para a pena de novo.

— Quer saber? — diz o garoto. — Você é nova aqui, então vou te dar um desconto. Que tal nove dólares?

Gwendy fica com a sensação de que ganhou o prêmio principal da barraquinha da roleta na feira de Quatro de Julho de Castle Rock.

— Fechado — diz ela na mesma hora, e começa a contar os nove dólares em moedas de vinte e cinco centavos.

48

Dirigindo para casa mais tarde, na noite de Natal, Gwendy pensa nas palavras do pai de mais cedo:

— Nós todos tiramos sarro de você por causa daquela pena, Gwen, mas você não se importou. Você *acreditava*. Era isso que importava na época, e é o que importa agora: você sempre foi do tipo que acredita. Esse seu lindo coração te levou por caminhos inesperados, mas sua fé, em você mesma, nos outros, no mundo ao seu redor, sempre te guiou. É isso que essa sua pena mágica representa.

49

Infelizmente, mesmo depois da aparição surpresa da pena mágica perdida, o bom humor de Gwendy não dura, e às nove horas ela está sentada na frente da televisão, morrendo de saudade do marido. Uma dor vazia surgiu no coração dela, e não tem meditação nem pensamento positivo que consiga aliviá-la. Ela fica olhando para o celular, desejando que toque, mas ele fica em silêncio no sofá ao lado dela.

A caixa de botões está na mesa de centro, ao lado do livro do Grisham, da pena branca e de uma xícara de chá quente. Normalmente, Gwendy ficaria com medo de derrubar a bebida e molhar a caixa. Naquela noite, não está nem aí.

Quando voltou para o apartamento, Gwendy ligou para o xerife Ridgewick para desejar feliz Natal e per-

A PENA MÁGICA DE GWENDY

guntar sobre Caroline Hoffman. Ele atendeu no primeiro toque e garantiu que a sra. Hoffman estava bem. Tinha levado alguns pontos e sofrido uma concussão, além de estar com uma ressaca horrível. O hospital a manteve internada e a liberou no começo da tarde. O marido estava esperando para levá-la para casa.

A ligação marcou o começo da mudança no humor de Gwendy; ela ainda podia ver o corte escuro e furioso na testa da mulher e os olhares empolgados das pessoas da festa ao redor. E quando encontrou o baralho surrado que Ryan tinha deixado em casa, a espiral para baixo começou de verdade.

No segundo encontro oficial dos dois, muitos anos antes, no centro de Portland, Ryan confidenciou a ela que sempre quis ser mágico. Gwendy ficou encantada com a ideia e suplicou para que ele mostrasse um truque de mágica. Depois do jantar e de muitas tentativas de Gwendy de convencê-lo, eles pararam numa farmácia e compraram um baralho da Bicycle. Os dois se sentaram em um banco no parque e Ryan demonstrou três ou quatro truques diferentes, cada um mais elaborado que o anterior. Gwendy ficou impressionada com a habilidade dele, mas foi bem mais do que isso. Bem mais *profundo* do que isso. Aquele maravilhamento infantil era uma parte de Ryan que ela nunca soubera que existia quando eles eram ape-

A PENA MÁGICA DE GWENDY

nas amigos, uma parte do verdadeiro eu dele. Foi a primeira vez que Gwendy pensou: *Acho que estou me apaixonando por esse cara.*

Vinte minutos antes, quando Gwendy se inclinou para pegar o marcador de livros e encontrou o baralho em um ninho de poeira embaixo do canto do sofá, sua primeira reação foi de calma gratidão: *Ei, que bom que te encontrei. Ryan vai te procurar quando voltar pra casa.*

E aí as últimas quatro palavras explodiram na cabeça dela: QUANDO VOLTAR PRA CASA!

Ah, meu Deus, ele esqueceu as malditas cartas, pensou ela, o estômago embrulhado. *Ele nunca ia pra lugar nenhum sem levar o baralho. Diz que é o amuleto da sorte dele. Diz que o lembra de casa e o protege.*

Gwendy pega o livro na mesa de centro e o coloca no lugar na mesma hora. Ela não consegue se concentrar. Olha para a tela da televisão e balança o pé com uma tensão nervosa.

— Se ele não vai ligar, que pelo menos passe alguma coisa no noticiário. Qualquer coisa. Por favor. — Ela sabe que fala sozinha demais, mas não liga. Não tem ninguém por perto para ouvir.

Vira a cabeça e olha para a caixa de botões.

— Está olhando o quê?

Ela se inclina para a frente, passa o dedo na borda arredondada da caixa de madeira e fica longe dos botões.

A PENA MÁGICA DE GWENDY

— Você me fez machucar aquela mulher ontem à noite, não foi?

Ela sente *alguma coisa* nessa hora, uma vibração leve na ponta do dedo, e puxa a mão de volta. Antes de se dar conta do que está dizendo, fala:

— O que foi? Você pode me ajudar a trazer Ryan pra casa?

Claro, pensa ela vagamente. *Descubra pelo noticiário onde as forças rebeldes estão localizadas no Timor. Quando tiver descoberto a localização, aperte o botão vermelho. Quando elas não existirem mais, o levante vai acabar e Ryan vai voltar para casa. Simples.*

Gwendy balança a cabeça. Pisca. A sala parece estar balançando, bem de leve, como se ela estivesse em um barco no mar agitado.

E, ei, já que estamos aqui, por que não fazer alguma coisa sobre aquele seu presidente cuzão?

Ela está tendo esses pensamentos ou *ouvindo*? De repente, fica difícil de saber.

— Destruir a Coreia do Norte? — pergunta ela baixinho.

Você precisa tomar cuidado com isso. Se você fizer isso, alguém provavelmente vai supor que as forças militares americanas são responsáveis. Alguém como a China, digamos, e vão querer retaliar, não vão?

A PENA MÁGICA DE GWENDY

— Então o que você propõe? — A voz dela soa muito distante.

Não estou propondo nada, prezada mulher, só oferecendo alimento para o pensamento. Mas e se aquele seu presidente desaparecesse? Essa ideia até que não é ruim, né? Pensa só, é coisa de um botão vermelho apenas.

Gwendy se inclina para a frente de novo, o olhar fixado em alguma coisa bem distante.

— Assassinato em nome da paz?

Dá pra chamar assim, não é? Pessoalmente, prefiro pensar mais nas linhas daquela velha pergunta: se fosse possível, você voltaria no tempo e assassinaria Hitler?

Gwendy estica as duas mãos e pega a caixa de botões.

— Richard Hamlin é muitas coisas, a maioria ruim, mas ele não é nenhum Adolf Hitler.

Ainda não, pelo menos.

Ela coloca a caixa no colo e se encosta na almofada do sofá.

— Tentador, mas quem pode dizer que o vice vai ser melhor? O cara é um doido de carteirinha.

Então por que não se livrar dos dois? Começar do zero.

Ela olha para a fileira de botões coloridos.

— Não sei... Tenho muito em que pensar.

Tudo bem. Talvez fosse mais fácil começar com alguma coisa... menos abrangente. Uma vaca chamada Caroline

A PENA MÁGICA DE GWENDY

Hoffman, talvez? Que tal um congressista mal-educado do estado do Mississippi?

— Talvez... — Gwendy estica lentamente a mão direita...

Mas, nessa hora, o telefone toca.

50

Gwendy empurra a caixa de botões do colo para o sofá. Pega o celular.

— Alô! Ryan? Alô!

— Me desculpa, sra. Peterson — diz uma voz baixa.

— É a Bea. Bea Whiteley.

— Bea? — diz ela, distraída. Parece que a sala volta a ganhar foco, embora ela não consiga se lembrar de ter ficado desfocada. — Está tudo bem?

— Tudo, sim. Eu só queria... primeiro, quero pedir desculpas por ligar tão tarde no Natal. Só pensei na diferença de três horas quando o telefone começou a tocar.

— Não precisa pedir desculpas, Bea. Eu estou acordada.

— Parece que o Ryan não voltou pra casa.

A PENA MÁGICA DE GWENDY

Gwendy se acomoda no sofá. Olha para a caixa de botões e afasta o olhar rapidamente.

— Não voltou. Mas espero ter notícias dele em breve.

— Sinto muito.

— Obrigada — diz. Ouve risadas ao fundo. — Parece que seus netos estão tendo um ótimo Natal.

— Estão correndo de um lado para o outro como um bando de animaizinhos selvagens.

Gwendy ri.

— Sra. Peterson, eu liguei pra agradecer.

— Pelo quê?

— Pelos lindos bilhetes que você escreveu dentro dos livros para os meus filhos. Ninguém nunca disse esse tipo de coisa sobre mim, talvez só minha própria família. Eu só queria dizer como foi importante pra mim.

— Foi um prazer, Bea. Cada palavra foi sincera.

— Foi uma surpresa tão grande... — diz Bea, fungando. — Juro que nunca vi minha filha me olhar do jeito que me olhou hoje. Como se ela sentisse orgulho de mim.

— Ela tem todos os motivos pra sentir orgulho — diz Gwendy, sorrindo. — A mãe dela é uma mulher incrível.

— Bem, muito obrigada, de novo. Eu... — Ela hesita.

A PENA MÁGICA DE GWENDY

— Tem mais alguma coisa?

Quando Bea Whiteley fala de novo, sua voz soa estranha e hesitante.

— Eu estava me perguntando... Está tudo bem aí, sra. Peterson?

— Tudo ótimo — diz ela, se sentando e olhando para a caixa de botões de novo. — Por que a pergunta?

— Me sinto boba de falar em voz alta, mas... um pouco antes de ligar, não consegui me livrar da sensação de que havia algo de errado... de que você estava com algum tipo de problema.

Um tremor percorreu o corpo de Gwendy.

— Não, está tudo bem. Eu só estava vendo televisão.

— Ah, que bom. — Ela parece genuinamente aliviada. — Vou te deixar em paz agora. Feliz Natal, sra. Peterson, e obrigada de novo.

— Feliz Natal, Bea. A gente se vê daqui duas semanas.

51

Gwendy acorda cedo na manhã seguinte com uma sensação que parece uma ressaca leve, apesar de ela não ter tocado em uma gota de álcool na noite anterior. Toma uma garrafa de água e faz cem abdominais e cinquenta flexões de braço no chão do quarto, na esperança de fazer o sangue correr mais rápido e espantar a dor de cabeça. Dormiu mal, com sonhos dos quais não conseguia se lembrar se esgueirando abaixo da consciência. Mas, mesmo sem os detalhes, sente que foram desagradáveis e assustadores.

A neve parou de cair um pouco antes de amanhecer, acumulando-se numa camada de uns dez ou doze centímetros no condado de Castle e na maior parte do oeste do Maine. O homem do trânsito no Channel Five avisa aos viajantes procurando uma escapada pós-

A PENA MÁGICA DE GWENDY

-Natal para ajustarem os planos considerando atrasos. Gwendy liga para o pai e diz que vai até lá tirar a neve da entrada de carros e da calçada e que não aceita não como resposta. Surpreendentemente, ele concorda sem discutir e diz que vai ter café quente e uma sobra de caçarola de linguiça e ovo do brunch do dia anterior esperando na mesa quando ela chegar.

Gwendy veste roupas quentinhas e amarra as botas, desce a escada e vai limpar o carro. Quando termina de raspar o gelo das janelas e tirar a neve de cima do capô, ela entra no Subaru e diminui a temperatura do aquecedor. Está suando.

Na descida da colina, vê um grupo de crianças fazendo uma guerra de bolas de neve no Parque Recreativo de Castle View. Ouve os berros animados e gritinhos de alegria mesmo com as janelas fechadas. Sorri e tenta lembrar quanto tempo tem que ela não acerta alguém com uma bola de neve. Tempo demais, conclui.

Dez minutos depois, ela entra na rua Carbine e vê as luzes vermelhas e amarelas de uma ambulância ao longe. Sua primeira preocupação é pela sra. Goff; ela sofre de vertigem de vez em quando e já caiu algumas vezes. Na primavera anterior, passou duas semanas no hospital com o quadril quebrado. Quando chega mais perto, Gwendy se dá conta de que a ambulância está parada na entrada da casa dos pais dela, e que alguém

A PENA MÁGICA DE GWENDY

em uma maca está sendo colocado na parte traseira. Ela mete o pé no freio e encosta junto ao meio-fio.

Seu pai sai pela porta da casa com a bolsa da sra. Peterson em uma das mãos e um casaco no outro. Está com o rosto contraído e pálido.

— Pai! — grita Gwendy enquanto sai do carro e o encontra na calçada coberta de neve. — O que houve? A mamãe está bem?

Os dois se viram e veem a ambulância se afastar e desaparecer pela rua.

— Não sei — diz ele com a voz fraca. — Ela começou a ter cólica logo depois que eu falei com você. Primeiro, achou que foi porque comeu muito ontem à noite, mas a dor piorou. Ela estava encolhida na cama, chorando. Eu já ia te ligar quando ela começou a vomitar sangue. Foi quando eu chamei a ambulância. Eu não sabia o que fazer.

Gwendy segura o pai pelo braço.

— Você fez a coisa certa. Vão levá-la para o Hospital Geral do Condado de Castle?

Ele assente, os olhos grandes e prontos para se encherem de lágrimas.

— Vem — diz ela, levando o pai na direção do meio fio. — Eu dirijo.

52

Tem poucas pessoas nos bancos laranja de plástico do lado de fora da emergência às dez da manhã. Um homem careca mais velho com uma dor no pescoço por causa de uma batida de carro leve de manhãzinha, um adolescente com um corte fundo no lábio e outro debaixo do olho direito, inchado e roxo, por causa de um acidente de trenó, e um casal asiático jovem segurando um par de gêmeos agitados de cara rosada no colo.

Quando o sr. Peterson vê o oncologista da esposa, o dr. Celano, sair pelas portas de vaivém com a placa proibida a entrada, ele se levanta na mesma hora e o encontra no meio da sala de espera. Gwendy se levanta para ir também.

— Como ela está, doutor? — pergunta ele.

A PENA MÁGICA DE GWENDY

— Demos remédios pra dor e ela está descansando com conforto. Não houve mais ocorrências de vômito desde a ambulância.

— O senhor sabe qual é o problema? — pergunta Gwendy.

— Infelizmente, os marcadores tumorais dela subiram novamente — diz o médico com uma expressão séria no rosto.

— Ah, meu Deus — diz o sr. Peterson, apoiando-se no ombro da filha.

— Eu sei que é difícil, mas tente não ficar muito alarmado, sr. Peterson. Os exames de sangue da consulta de quarta acabaram de chegar. Eu os abri no computador quando recebi a ligação da ambulância, e eles mostram um aumento incômodo...

— Aumento incômodo? — diz o sr. Peterson. — O que isso quer dizer?

— Quer dizer que é bem provável que o câncer tenha voltado. Em que medida, ainda não sabemos. Vamos interná-la hoje e fazer uma série de exames.

— Que tipo de exames? — pergunta Gwendy.

— Já coletamos mais sangue agora. Quando ela estiver em um quarto, vamos marcar uma tomografia abdominal e peitoral.

— Hoje? — pergunta o sr. Peterson.

Ele nega com a cabeça.

A PENA MÁGICA DE GWENDY

— Em um domingo, não. Vamos deixar ela descansar um pouco e levá-la para o departamento de exames de imagens de manhã.

O sr. Peterson olha para a porta de vaivém atrás do médico.

— Nós podemos vê-la?

— Daqui a pouco — diz o dr. Celano. — Ela vai ser levada para o segundo andar a qualquer momento agora. Quando ela estiver no quarto, volto pra buscar vocês.

— Ela já sabe? — pergunta Gwendy.

O médico assente.

— Ela me pediu pra ser sincero com ela. Acho que as palavras exatas dela foram: "Não vem enfiar um raio de sol no meu rabo. Fala na minha cara".

O sr. Peterson balança a cabeça, os olhos brilhando com lágrimas.

— Parece algo que minha garota falaria mesmo.

— Sua garota é uma lutadora — diz o dr. Celano. — Por isso mesmo, tenta ser o mais forte que puder. Ela vai precisar de você. De vocês dois.

53

Gwendy abre a porta da casa em que cresceu, a única casa de verdade onde já morou, com garagem e calçada e jardim e tudo, e entra. Está escura e silenciosa. Ela acende a luz do saguão. A chave do carro do pai está no assoalho de madeira, largada num momento de pânico, ignorada. Ela a pega e coloca no lugar, na mesinha do saguão. Quando entra na sala, acende os abajures dos dois lados do sofá. *Assim está melhor*, decide. Tudo parece estar no lugar certo. Só de olhar o ambiente, jamais daria para saber o caos que aconteceu de manhã.

Ela sobe a escada passando a mão pelo corrimão de madeira polida onde há quatro meias vermelhas vazias. Na metade do corredor acarpetado, ela olha para o quarto dos pais, e é nessa hora que qualquer semelhança com normalidade dentro da casa é destruída em mil pe-

A PENA MÁGICA DE GWENDY

dacinhos. O lençol e os cobertores estão amontoados no chão. Um dos travesseiros e uma parte grande de lençol de baixo branco estão com manchas escuras de sangue e partes de uma refeição parcialmente digerida. O pijama do pai está no chão, na entrada do pequeno closet. O quarto todo está com um cheiro azedo, de comida que foi deixada por tempo demais no sol e apodreceu.

Gwendy fica parada na porta observando tudo, mas logo começa a agir. Trabalha rapidamente na cama, tirando o lençol, os cobertores e fronhas. Junta tudo com o pijama do pai e leva para o porão, prendendo a respiração o tempo todo. Coloca os lençóis sujos e o pijama na máquina de lavar. Feito isso, volta para cima e borrifa o quarto com aromatizador de ar que encontra no banheiro. Pega lençóis e fronhas limpas na prateleira de cima e arruma a cama.

Recuando um pouco para examinar o trabalho, ela lembra por que foi até a casa. Encontra uma bolsa e coloca uma muda de roupas para o pai, uma camisola limpa para a mãe e vários pares de meias. Ela não sabe por que acrescenta as meias a mais, mas acha que é melhor prevenir do que remediar. Em seguida, vai até o banheiro e pega artigos de higiene. Guarda tudo na bolsa, fecha o zíper e vai para o corredor.

Alguma coisa (um sentimento, uma lembrança, ela não tem certeza) a faz parar na frente da porta do seu

A PENA MÁGICA DE GWENDY

antigo quarto. Ela olha para dentro. Embora tenha sido convertido há tempos em uma mistura de quarto de hóspedes e ateliê de costura, Gwendy ainda consegue ver seu quarto de infância com clareza absoluta. A amada penteadeira encostada na parede; a escrivaninha, onde ela escreveu sua primeira história, na frente da janela. A estante ao lado de uma lata de lixo da Família Dó-Ré-Mi, a cama rente à parede ali, embaixo do pôster favorito do Billy Joel. Ela se inclina para dentro do quarto e olha para o armário comprido e estreito onde a mãe agora guarda pedaços de tecido e material de costura. O mesmo armário onde ela escondeu a caixa de botões todos aqueles anos. O mesmo armário onde o primeiro garoto que ela amou morreu de forma violenta na frente dela, a cabeça batida até virar mingau por aquele monstro Frankie Stone.

E aquela caixa amaldiçoada.

— O que você quer de mim? — pergunta ela de repente, a voz tensa e rouca. Entra mais no quarto, faz um giro lento. — Eu fiz o que você pediu e era só uma criança! Então, por que você voltou? — Ela está gritando agora, o rosto contorcido numa máscara de raiva. — Por que você não se mostra e para de fazer joguinhos?

A casa responde com silêncio.

— Por que eu? — sussurra ela para o quarto vazio.

54

As segundas-feiras são dias notoriamente movimentados no Hospital Geral do Condado de Castle, e o dia 27 de dezembro não é exceção. O pessoal da enfermagem e do atendimento está com quase dez por cento de defasagem de funcionários por causa do fim de semana de festas, e três membros da equipe de limpeza e manutenção faltam porque estão gripados... Mas a vida segue em frente.

Gwendy está sentada ao lado da cama no quarto 233 e vê o peito da mãe subir e descer. Ela está dormindo pacificamente há quase meia hora, e é o único motivo para Gwendy estar sozinha no quarto com ela. Vinte minutos antes, ela enfim conseguiu mandar o pai para a lanchonete lá embaixo para tomar café da manhã. Ele não tinha saído do lado da esposa desde o encontro

A PENA MÁGICA DE GWENDY

na tarde do dia anterior e estava hesitante em ir, mas Gwendy insistiu.

O livro de John Grisham está fechado no colo de Gwendy, um cupom de desconto para barrinhas de granola marcando a página. Ela ouve o bipe intermitente das máquinas e vê o gotejar constante de solução salina e se lembra de dezenas de outros quartos de hospital bem parecidos com aquele. O quarto sem janelas de terceiro andar no Hospital da Misericórdia, onde seu querido amigo Johnathon deu seu suspiro final, com dezenas de fotografias e cartões de melhoras feitos em casa presos na parede da cabeceira. Tantos outros quartos em tantos outros hospitais e clínicas de aids que ela já tinha visitado. Tantos seres humanos corajosos, jovens e velhos, homens e mulheres, todos unidos por um propósito básico: sobrevivência.

Desde aqueles dias, Gwendy passou a odiar hospitais (as imagens, os cheiros, os sons), o tempo todo mantendo total respeito pelos que lutam pela vida lá, e pelos médicos e pelas enfermeiras que os ajudam na luta.

"... *você vai morrer cercada de amigos, com uma camisola linda com flores azuis na barra. Vai haver sol brilhando na sua janela, e, antes de você partir, você vai olhar para fora e vai ver um bando de pássaros voando para o sul. Uma ima-*

A PENA MÁGICA DE GWENDY

gem final da beleza do mundo. Vai haver um pouco de dor. Não muita."

Richard Farris falou essas palavras para ela um dia, e ela acredita que sejam verdade. Ela não sabe quando vai acontecer, nem onde, mas não importa. Não mais.

— Se alguém merece esse tipo de adeus, é você, mãe. — Ela olha para o próprio colo e segura um soluço. — Mas eu ainda não estou pronta. Eu não estou pronta.

A sra. Peterson, ainda de olhos fechados, o peito ainda subindo e descendo, diz:

— Não se preocupe, Gwennie. Eu também não estou pronta.

— Ah, meu Deus. — Gwendy quase grita de surpresa e o livro cai do colo no chão. — Eu achei que você estivesse dormindo!

A sra. Peterson entreabre os olhos e dá um sorriso preguiçoso.

— Eu estava até ouvir você falando.

— Me desculpa, mãe, *mesmo*. Eu ando fazendo isso, falando sozinha, como se eu fosse uma louca dos gatos.

— Você tem alergia a gato, Gwendy — diz a sra. Peterson com tranquilidade.

Gwendy olha para a mãe com atenção.

A PENA MÁGICA DE GWENDY

— Opa, isso deve ser a morfina falando.

A sra. Peterson levanta a cabeça e olha em volta.

— Você conseguiu convencer seu pai a voltar pra casa?

— Claro que não. Mas consegui que ele fosse até a lanchonete comer alguma coisa.

Ela assente com um movimento fraco.

— Bom trabalho, querida. Estou preocupada com ele.

— Eu cuido do papai — diz Gwendy. — Sua preocupação é ficar boa.

— Isso está nas mãos de Deus agora. Eu estou tão cansada...

— Você não pode desistir, mãe. A gente nem sabe o quanto está ruim. Pode ser...

— Quem falou em desistir? Isso não vai acontecer enquanto eu tiver você e seu pai ao meu lado. Tenho muitos motivos pra viver.

— Tem — diz Gwendy, assentindo. — Tem mesmo.

— Eu só quis dizer que... — Ela procura as palavras certas. — Se for pra eu vencer essa coisa de novo, se existir alguma chance, eu vou vencer. Eu acredito nisso. Não importa a dificuldade da luta que me aguarda. Mas... se *não* for pra vencer... Se Deus decidir que é a minha hora, que seja. Eu tive uma vida maravilhosa

A PENA MÁGICA DE GWENDY

com mais bênçãos do que qualquer pessoa deveria ter. Como posso reclamar? Foi isso que eu quis dizer... É a única forma de me enfiarem debaixo da terra.

— Mãe! — exclama Gwendy.

— O quê? Você sabe que eu não quero ser cremada.

— Você é impossível — diz Gwendy, tirando a mochila do parapeito da janela. — Eu trouxe alguns daqueles suquinhos de fruta de que você tanto gosta. E uns petiscos. E também uma surpresa.

— Ah, que bom, eu gosto de surpresa.

Ela abre a mochila.

— Tem que comer e beber primeiro, depois a surpresa.

— Quando você ficou tão mandona?

— Aprendi com a melhor — diz Gwendy, e mostra a língua.

— Falando em surpresa, e não sei por que acordei pensando nisso agora, mas lembra do ano em que a gente tentou fazer uma surpresa no aniversário do seu pai? — Ela se puxa para cima na cama, os olhos arregalados e alertas agora, e toma um gole do suco de caixinha.

— Quando a gente decorou a garagem com balões e faixas? — pergunta Gwendy.

A sra. Peterson aponta para ela.

A PENA MÁGICA DE GWENDY

— Essa vez mesmo. Ele passou a tarde pescando. A gente enfiou todo mundo lá dentro, e o grande plano era abrir a porta da garagem assim que ele embicasse o carro.

Gwendy começa a rir.

— Só que a gente não sabia que ele tinha caído de um tronco na lama enquanto voltava pro carro.

A sra. Peterson assente.

— A gente tinha trocado o controle da garagem da picape dele, e ele teria que sair pra abrir. — Agora ela está rindo com a filha.

— Nós estávamos escondidas no escuro quando ouvimos a picape embicar e a porta do motorista abrir e fechar...

— Eu apertei o botão e a porta da garagem subiu, e lá estava seu pai... — A sra. Peterson começa a gargalhar e não consegue parar.

— Parado com a vara de pescar na mão e a caixa de iscas na outra — começa Gwendy —, pelado da cintura pra baixo, as pernas magrelas de garça cobertas de lama. — Gwendy inclina a cabeça para trás e gargalha.

A sra. Peterson coloca a mão no coração e fala com dificuldade.

— Eu me lembro de cobrir seus olhos com uma das mãos e acenar pro seu pai voltar pra picape com a

A PENA MÁGICA DE GWENDY

outra. Olhei pro lado e vi a expressão na cara da pobre Blanche Goff... — Ela solta uma risada roncada. — Achei que ela ia ter um ataque cardíaco sentada na cadeira dobrável.

As duas mulheres levam as mãos à barriga e morrem de rir... e nenhuma das duas consegue dizer mais nada.

55

Quando o sr. Peterson sai do elevador e ouve risadas barulhentas vindas de algum lugar do corredor, ele aperta os olhos com irritação. *Espero que quem está fazendo essa barulheira não acorde minha esposa, senão essas pessoas vão ver só.*

É só quando ele vira a esquina da estação de enfermagem e vê a porta do 233 escancarada com um amontoado de enfermeiras sorridentes do lado de fora que se dá conta de que são a esposa e a filha que estão fazendo a barulheira.

— O que está acontecendo aqui? — pergunta ele quando entra no quarto, uma expressão intrigada no rosto.

A sra. Peterson e Gwendy dão uma olhada nele... e caem na gargalhada de novo.

56

Vinte minutos depois, um auxiliar bate na porta. É um sujeito grande com um sorriso caloroso e uma cabeleira de dreadlocks presa em uma redinha quase explodindo.

— Desculpem interromper a festa, pessoal, mas vim levar a sra. Peterson para o departamento de exames de imagem.

— Winston! — diz a sra. Peterson, o rosto se iluminando. — Achei que seu turno tinha acabado.

— Não, senhora. — Ele balança a cabeça. — Não enquanto não terminar de cuidar da minha paciente favorita.

Visivelmente emocionada, ela diz:

— Obrigada, Winston.

— Vou estar bem aqui quando você voltar — diz o sr. Peterson, apertando a mão da esposa.

A PENA MÁGICA DE GWENDY

Ela olha para ele com aqueles lindos olhos azuis e aperta a mão dele de volta.

— Estou pronta — diz ela para o auxiliar.

— Eu também vou estar aqui — diz Gwendy, esforçando-se para não chorar.

— Sei que vai. — A sra. Peterson puxa a outra mão de debaixo do cobertor e mostra uma pena branca pequena. A mão parece magrinha e delicada. — Obrigada de novo pelo empréstimo, querida. Vou cuidar bem dela.

Gwendy sorri, mas não se arrisca a dizer mais nada.

57

EM CASA, Gwendy guarda a caixa de botões no cofre, fecha a porta pesada e ouve o clique quando a tranca se fecha. Gira a trava uma, duas, três vezes e dá um puxão na porta só para ter certeza. Está quase no quarto quando a campainha toca.

Ela fica paralisada no corredor, prende o ar e deseja que a pessoa, quem quer que seja, vá embora.

A campainha toca de novo. É um toque duplo desta vez.

Gwendy, ainda com as roupas que usou para ir ao hospital, tira o celular do bolso do suéter. Digita 9-1-1 e fica com o dedo parado acima do botão verde. Vai se esgueirando pelo corredor, chega no saguão, tomando o cuidado para não fazer nenhum barulho, e espia pelo olho mágico.

A PENA MÁGICA DE GWENDY

A campainha toca de novo... e ela quase grita.

Ela dá um passo para trás e abre o ferrolho e a porta.

— Meu Deus, xerife. Você podia ter ligado antes...

— Outra garota desapareceu. Bem aqui, descendo a rua.

— O quê? Quando?

— Ligaram uma hora atrás. — O xerife Ridgewick leva a mão ao cinto e ajusta o volume do rádio. — O pai da garota disse que ela estava patinando no gelo com amigos. Alguns dos mais velhos fizeram uma fogueira, havia umas vinte e cinco ou trinta pessoas lá. A mãe de outra adolescente tinha que estar de olho nela, mas começou a conversar com uma vizinha, e você sabe como é. Só notaram que a garota tinha sumido na hora de ir embora.

— Seus homens olharam embaixo do gelo? — pergunta Gwendy, sabendo que é uma pergunta burra antes mesmo de enunciar as palavras.

— Olharam — diz ele, assentindo. — Mas está firme há pelo menos seis semanas. Não tem como ela ter caído.

— E agora? Vocês procuram na região e... e o que mais?

— Tenho policiais revirando o bosque ao redor e as ruas menores. Também montamos bloqueios nas estradas em uns poucos lugares, mas, se quem a pegou a enfiou no porta-malas e saiu dirigindo imediatamente,

A PENA MÁGICA DE GWENDY

ela já deve estar longe agora. O resto do meu pessoal está batendo em portas pela rua View, perguntando se alguém viu alguma coisa suspeita nos últimos dias.

A expressão de Gwendy se transforma.

— Acho que é melhor você entrar, xerife. — Ela dá um passo para trás para abrir passagem para ele. — Tenho uma coisa pra contar, e acho que você não vai gostar.

58

A REPÓRTER LOURA do Channel Five segura o microfone na frente do rosto do xerife Ridgewick enquanto ele fala. Ela está usando uma boina de inverno azul-clara que combina com o casaco, e a maquiagem está perfeita, apesar do vento forte e da temperatura congelante. O xerife, os olhos lacrimejando e as bochechas vermelhas, parece cansado e infeliz.

— ... busca em andamento por Deborah Parker, residente do trecho que engloba os números mil e novecentos da rua View. A srta. Parker tem catorze anos e está no nono ano da Castle Rock High School.

Uma fotografia colorida de uma adolescente sorridente com aparelho fixo e cabelo castanho-escuro encaracolado aparece no canto superior direito da tela da televisão.

A PENA MÁGICA DE GWENDY

— Ela tem um metro e cinquenta e sete de altura, pesa quarenta e oito quilos e tem cabelo e olhos castanhos. Foi vista pela última vez no começo da noite, por volta das sete e meia, patinando no gelo com amigos no lago Fortier. Se alguém tiver informações do paradeiro de Deborah Parker ou se tiver testemunhado qualquer coisa fora do comum na área de Castle View, favor fazer contato com o Departamento do Xerife de Castle Rock pelo número…

59

GWENDY NUNCA TINHA VISTO o homem parado em frente da sala do xerife, mas fareja a credencial de imprensa a um quilômetro de distância. Ver o minigravador na mão esquerda dele também ajuda.

— Congressista Peterson — diz ele, interrompendo a passagem dela perto da entrada. — Algum comentário sobre as garotas desaparecidas?

— Você, quem é? — pergunta ela.

Ele tira um crachá de dentro do casaco e o estica na direção dela tanto quanto o cordão permite.

— Ronald Blum, *Portland Press Herald*.

— Eu vim aqui receber informações do xerife Ridgewick. Vou deixar pra ele qualquer declaração oficial. — Ela começa a se afastar.

A PENA MÁGICA DE GWENDY

— É verdade que houve outras tentativas recentes malsucedidas de sequestrar garotas aqui em Castle Rock?

Gwendy abre a porta e a deixa se fechar na cara do repórter. Ele grita outra coisa através do vidro pesado, mas ela não consegue entender.

A delegacia está cheia naquela manhã. Um grupo de policiais ocupa as mesas falando ao telefone e fazendo anotações. Vários outros estão reunidos na frente de um quadro de avisos, examinando um mapa grande de Castle Rock. Tem uma fila na máquina de café e outra na frente da fotocopiadora. Gwendy vê Sheila Brigham no cubículo e vai nessa direção.

A atendente veterana está ocupada falando com alguém pelo fone de ouvido; a julgar pela expressão irritada na cara dela, está presa na linha há um bom tempo. Ela vê Gwendy se aproximar e cobre o microfone com a mão.

— Pode ir lá pros fundos. Está um show de horrores aqui hoje.

Gwendy acena em agradecimento e segue pelo corredor estreito. Desta vez, a porta da sala do xerife Ridgewick está fechada. Ela bate três vezes para dar sorte.

— Entra — diz uma voz abafada.

Ela abre a porta e entra. O xerife está parado na janela, olhando para fora.

A PENA MÁGICA DE GWENDY

— Aquele repórter falou com você quando você chegou?

Ela faz que sim com a cabeça.

— Eu não tinha muito o que dizer.

— Agradeço por isso — diz ele, virando-se e olhando para ela.

— Ele perguntou se tinha havido alguma outra tentativa de sequestro em Castle Rock recentemente. Eu quase desmaiei, mas acho que ele não reparou.

— Ele só está jogando verde — diz o xerife, apoiando-se na mesa.

— Acho que é isso mesmo, mas foi muito perturbador depois do que te contei ontem à noite.

— Ele não sabe sobre isso. Ninguém sabe. Ainda.

— Você vai contar aos outros hoje?

Ele assente.

— A Polícia Estadual vai enviar mais detetives no fim da manhã. A gente vai montar uma força-tarefa, e vou contar sua história durante a reunião inicial.

— Me avise se precisar que eu esteja presente pra dar a cara a tapa.

— Não vai ser necessário — diz ele quase casualmente. — Eu só vou dizer que você achou que era uma pegadinha até parar pra pensar no assunto depois. Foi quando se deu conta de que talvez o cara estivesse usando máscara. Por isso, você me contou hoje de manhã.

A PENA MÁGICA DE GWENDY

Você não viu nenhum veículo e não é capaz de dar descrição física do homem fora o fato de que ele estava com roupas escuras e sapatos com algum tipo de salto.

Ela olha para ele com gratidão.

— Obrigada, Norris.

— Não é nada — diz ele, dispensando a preocupação dela com um gesto. — Não tem necessidade de o mundo todo descobrir como você é cabeça-dura.

Gwendy ri.

— Você falou igual a minha mãe agora.

60

Quando Gwendy entra no quarto 233, no segundo andar do Hospital Geral do Condado de Castle, e vê as lágrimas escorrendo pelo rosto da mãe e do pai, seu coração despenca.

A sra. Peterson está sentada na beira da cama de hospital com as pernas nuas penduradas na lateral. Está de mãos dadas com o marido, com a cabeça apoiada no ombro dele. Parece uma garotinha. O dr. Celano está ao pé da cama, lendo o texto de um prontuário aberto. Quando ouve a porta se abrir, ele se vira para Gwendy com um sorriso amplo no rosto.

— Me desculpem o atraso — diz Gwendy, confusa. — Fiquei presa numa reunião.

O pai olha para ela. Seus olhos estão úmidos e agitados, e ele também está com um sorriso largo.

A PENA MÁGICA DE GWENDY

— O que está acontecendo? — pergunta Gwendy, como se tivesse entrado no programa *Twilight Zone*.

— Ah, querida, um milagre — diz a mãe dela, esticando os braços.

Gwendy vai até ela e a abraça.

— Conta pra ela o que o senhor acabou de nos contar.

O dr. Celano ergue as sobrancelhas.

— As tomografias voltaram limpas. Sem sinal algum de tumor.

— O quê? É uma ótima notícia, né? — pergunta Gwendy, com medo de se encher de esperanças.

— Eu diria que sim.

— Mas e o resultado do exame de sangue?

O médico balança o prontuário na direção dela.

— O exame que fizemos ontem de manhã também voltou sem nada. Os marcadores estão dentro do normal.

— Como é possível? — pergunta Gwendy sem acreditar.

— Eu me perguntei a mesma coisa — diz o dr. Celano. — Então fiz um pedido de exame de sangue adicional e pedi urgência pros resultados.

— Fiquei curiosa pra saber o que estava acontecendo — diz a sra. Peterson, rindo. — Tiraram mais três tubos antes do café, e eu falei pra enfermeira que ela estava se transformando em uma vampira.

A PENA MÁGICA DE GWENDY

— O exame novo veio normal. De novo — diz o médico, fechando o prontuário e o segurando junto à lateral do corpo.

Gwendy encara o homem.

— Pode ser erro?

— Um erro foi cometido, mas não ontem nem hoje. Tenho certeza de que este resultado está certo. — O médico suspira pesadamente, e o sorriso desaparece do rosto dele. — Dito isso, quero garantir que vou descobrir qual foi o erro em relação ao primeiro exame da sra. Peterson, no dia 22. Foi um erro passível de repreensão, e *vou* descobrir onde aconteceu.

— Mas e a dor de estômago? O vômito?

— Isso é um mistério, infelizmente — diz o médico. — Meu palpite é que ela comeu alguma coisa que não caiu bem, e a força do vômito abalou o tecido cicatricial causado pela quimioterapia. Já aconteceu com pacientes meus.

— Então o que... o que isso tudo quer dizer? — pergunta Gwendy.

— Quer dizer que ela não está doente! — diz o sr. Peterson, abraçando Gwendy de lado e dando um sacolejo nela. — Quer dizer que podemos levar sua mãe pra casa!

— Hoje? — diz Gwendy, olhando para o médico. Ainda não consegue acreditar que aquilo está acontecendo. — Agora?

A PENA MÁGICA DE GWENDY

— Assim que terminarmos com a papelada da alta.

Gwendy olha para o dr. Celano por um momento e de volta para os pais. O rosto deles está iluminado de felicidade.

— Estou começando a achar que aquela sua pena é mesmo mágica — diz o pai.

E os três começam a rir de novo e a se abraçar como se a vida deles dependesse disso.

61

NA MAIOR PARTE DO LESTE DO MAINE, a notícia de uma tempestade *nor'easter* que se aproximava — ainda a quatro ou cinco dias de distância, mas já ganhando força num ritmo monstruoso — enche as ondas de rádio e as páginas de jornais nas quarenta e oito horas seguintes. Há pouco pânico naquela parte do mundo, mesmo quando se trata das maiores tempestades, mas há *sim* uma sensação de medo sutil. Nevascas representam acidentes, tanto nas estradas quanto perto de casa. Vai haver ossos quebrados e geladuras; carros virados em valas e cabos de energia caídos. Pessoas idosas vão ficar presas em casa, sem conseguir ir a mercados e farmácias; refeições e remédios serão deixados de lado e doenças vão penetrar com as correntes de ar pelos vãos sob as portas, sorrateiras. Os jovens não vão se sair muito me-

A PENA MÁGICA DE GWENDY

lhor quando abandonarem alegremente qualquer bom senso que possam ter para correr para a tempestade e construir fortes e travar guerras de bolas de neve e descer por colinas cheias de árvores em velocidade altíssima sobre trenós improvisados feitos com sacolas finas de plástico de farmácia. Se o pessoal da cidade tiver sorte, ninguém vai precisar de um agente funerário. Mas, por outro lado, essas tempestades não costumam ser arautas de nada que chegue perto de ser sorte.

Desta vez, no lado oeste do estado, a história é completamente diferente. A nevasca que se aproxima é relegada à página dois ou até três, e só é discutida em detalhe no trecho de previsão do tempo na maioria dos noticiários de televisão. As três garotas desaparecidas no condado de Castle dominam a cobertura midiática local desde cedo até o noticiário das onze da noite. Pessoas da família e amigos, colegas de escola e até professores são entrevistados, e todos oferecem uma versão ligeiramente modificada da mesma história triste: as três garotas são gentis e talentosas e nunca se meteram em nenhum tipo de confusão; com certeza não fugiram de casa. O xerife Norris Ridgewick e o detetive da Polícia Estadual, Frank Thome, também são presenças constantes na tela. Eles continuam oferecendo as mesmas garantias acompanhadas de expressões sérias de que seus respectivos departamentos estão fazendo tudo humanamente

A PENA MÁGICA DE GWENDY

possível para localizar as garotas desaparecidas, além de continuar pedindo apaixonadamente que o público compartilhe qualquer informação. A mensagem singular dos dois e a falta de originalidade ao transmiti-la levam um repórter da região a escrever que os dois homens "estão lendo do mesmo roteiro sem inspiração".

Apesar da falta de corpos encontrados e de qualquer coisa que se pareça com uma prova, a imprensa de Portland já começou a espalhar a alcunha de "serial killer" e cavou três artigos de apoio relacionados a Frank Dodd e sua ação como "Estrangulador de Castle Rock" no começo dos anos 1970.

Em Castle Rock, não há menções a Bicho-Papão Dodd na imprensa, embora haja muitos cochichos nos bares e restaurantes e lojas; em uma cidadezinha como Rock, os cochichos são infindáveis. A edição de 30 de dezembro de 1999 do *The Castle Rock Call* exibe fotografias grandes de cada uma das três garotas acima da dobra da primeira página e uma manchete abaixo que diz: CAÇADA NÃO RESULTA EM PISTAS — FORÇA-
-TAREFA INTRIGADA.

Gwendy Peterson dá uma olhada no jornal e o joga na mesa de jantar dos pais sem nem ler.

— Vamos, tartarugas! — grita ela pela escada. — A gente vai se atrasar!

A PENA MÁGICA DE GWENDY

Gwendy e o pai passaram os dois dias anteriores cuidando muito bem da sra. Peterson — ao menos, é o que alegariam se alguém perguntasse. A sra. Peterson, por outro lado, contaria uma história completamente diferente; sem hesitação nem filtro, ela diria que eles passaram os dois dias a deixando completamente louca.

Apesar das garantias do médico, tanto no hospital quanto em uma ligação na tarde do dia anterior, o sr. Peterson insistiu para que a esposa ficasse no sofá da sala durante o resto da semana, descansando e se recuperando sob uma pilha de cobertores.

— Me recuperando de quê? — retorquiu a sra. Peterson. — Eu comi uma coisa estragada e vomitei. Grande coisa. Fim da história.

Para variar, Gwendy ficou do lado do pai, e os dois gastaram o tapete no caminho indo e vindo do sofá, tentando garantir que ela estivesse à vontade e adequadamente entretida. No processo, também acabaram com a paciência da sra. Peterson. Depois de dois dias lendo umas cinco ou seis revistas de cabo a rabo, vendo horas de televisão, tricotando e montando quebra-cabeças até estar vendo as peças dobrado, a sra. Peterson finalmente explodiu um pouco depois do almoço, jogou o controle remoto da televisão no marido e declarou:

— Para de me tratar como bebê, caramba! Eu estou ótima!

A PENA MÁGICA DE GWENDY

E parece que está mesmo. Ela só tirou um cochilo curto no dia anterior e não teve nada hoje. A cor retornou ao rosto dela; o apetite, assim como a atitude rebelde, voltou ao normal. Na verdade, pouco tempo antes, ela indicou (insistiu) de forma não muito sutil que Gwendy e o sr. Peterson deviam levá-la para jantar fora, e não em qualquer restaurante. Ela fez Gwendy ligar para seu bistrô italiano favorito, o Giovanni's, na cidade vizinha de Windham, e fazer uma reserva para três (para a qual vão se atrasar se não saírem de casa em poucos minutos).

Gwendy se vira ao ouvir passos e não consegue acreditar no que vê.

— Uau — diz ela, e se levanta. — Você está com cara de rica, mãe.

— Milionária — diz o sr. Peterson, sorridente, descendo a escada atrás dela.

A sra. Peterson está usando um vestido azul-escuro embaixo de um suéter cinza comprido. Pela primeira vez em meses, está de batom e sombra. Há brincos de ouro pendurados nas orelhas e um colar de pérolas no pescoço.

— Obrigada — diz a sra. Peterson afetadamente. — Se continuarem me elogiando, pode ser que eu perdoe os dois.

— Nesse caso — diz o sr. Peterson, esticando o braço na direção da porta —, sua carruagem está esperando.

62

O trajeto de Castle Rock até Windham leva quarenta e cinco minutos, mas o jantar vale cada quilômetro. Gwendy e a sra. Peterson pedem camarão recheado a la Guiseppi, salada de acompanhamento e bisque de frutos do mar. O sr. Peterson escolhe frango à caçadora e devora um pão italiano inteiro sozinho antes de o prato principal chegar.

— Se continuar assim, nós é que vamos *te* visitar no hospital — diz a sra. Peterson.

Depois que terminam de comer, o sr. e a sra. Peterson vão para a pista de dança e dançam coladinhos baladas cantadas por um sósia do Frank Sinatra que está em um palquinho perto do bar. No fim da última música, o sr. Peterson curva a esposa sobre seu joelho dobrado e a puxa de volta para um beijo na bochecha.

A PENA MÁGICA DE GWENDY

Eles voltam para a mesa rindo como dois namoradinhos adolescentes.

— Tem certeza de que não quer dar uma rodopiada por aí, Gwennie? — pergunta o pai enquanto puxa a cadeira da sra. Peterson. — Eu ainda tenho um pouco de gasolina no tanque.

— Eu estou cheia. Acho que vou ficar sentada aqui até sair flutuando.

— Alguém vai querer sobremesa? — pergunta a garçonete por cima do ombro da sra. Peterson.

— Eu, não — diz Gwendy com um grunhido.

O sr. Peterson bate na barriga cheia.

— Pra mim, também não.

— Não, obrigada, querida — diz a sra. Peterson. Enquanto o marido pede a conta para a garçonete, ela se vira para Gwendy. — Acho que vou comer um daqueles seus chocolates deliciosos quando chegar em casa.

63

GWENDY CORRE PELO ÚLTIMO TRECHO de aclive na estrada Pleasant, ficando o mais perto que consegue do acostamento. Depois de ser quase atropelada duas vezes ao longo da manhã, ela está bem cautelosa com o aumento de tráfego, mesmo tão cedo. Tem três longos dias que Deborah Parker, de catorze anos, desapareceu no lago Fortier, mas o bairro ainda está lotado de uma combinação de veículos da polícia e do xerife, voluntários nas buscas e curiosos, a maioria gente de fora da cidade com o nariz grudado no vidro da janela do carro.

A agenda de Gwendy no último dia gelado do século XX está bem vazia (um fato que ela atribui com um certo ressentimento à falta de qualquer coisa que se pareça com uma vida social saudável). Depois que terminar a corrida e tomar banho, ela pretende botar uns

A PENA MÁGICA DE GWENDY

e-mails atrasados em dia e passar na casa dos pais para dar uma olhada neles; o sr. e a sra. Peterson vão à casa dos Goff, os vizinhos, para jantar mais tarde. Depois, ela deve voltar para casa para uma tarde empolgante com John Grisham antes de chegar a hora de ir à festa de Ano-Novo da Comissão de Pais e Mestres de Brigette Desjardin. Ela já preparou um discurso de cinco minutos para a ocasião e espera não ter que ficar muito mais do que isso.

Quando dobra a esquina e seu prédio aparece, os pensamentos de Gwendy voltam para a caixa de botões e os chocolates de animais em miniatura.

Até o momento, ela deu à mãe sete chocolates: o primeiro, uma tartaruguinha que levou escondido para o hospital junto com várias caixas de sucos de fruta; o mais recente, um porquinho fofo quando voltaram do restaurante na noite anterior.

Antes de puxar a alavanca no lado esquerdo da caixa, colocar a tartaruguinha de chocolate num saco de sanduíche e o enfiar no bolso com zíper da mochila para levar para o hospital, Gwendy sofreu para tomar uma decisão. Ela sabia por experiência própria que a caixa de botões fornecia doses não tão pequenas assim de magia junto com os docinhos de bichinhos... Mas ela também sabia que os presentes raramente eram dados sem consequência. *O que exatamente aconteceria então na*

A PENA MÁGICA DE GWENDY

primeira vez que desse um chocolate para outra pessoa? E vários chocolates? Gwendy não sabia a resposta; no fim das contas, porém, estava disposta a fazer a aposta.

Mas foi só na manhã seguinte, no hospital, quando o dr. Celano deu a notícia milagrosa, que ela finalmente ficou em paz com a decisão. Como poderia não ficar depois daquilo? Mas, se Gwendy estivesse se agarrando a qualquer dúvida restante (e, sim, talvez *houvesse* algumas), foi o movimento gracioso no fim da última dança e a expressão sonhadora nos olhos da mãe quando o sr. Peterson deu um beijo carinhoso na bochecha dela que espantou essas dúvidas de uma vez por todas. Gwendy sabia que se lembraria daquele momento e da risada dos pais pelo resto da vida (fosse quanto tempo fosse isso).

Gwendy dá um bom-dia alegre para o vizinho de frente ao sair do prédio e sobe a escada para o segundo andar, sentindo os pés leves. Abre o bolso e pega a chave e o celular. Está esticando a mão para a maçaneta quando repara na luz de mensagem piscando no aparelho.

— Não, não, não — diz ela, percebendo que tinha se esquecido de ligar o som. Aperta o botão para ouvir as mensagens e leva o celular ao ouvido.

— Oi, querida, não acredito que consegui ligar! Estou tentando há dias! Estou com tanta saudade...

A mensagem é cortada no meio.

Gwendy olha para o celular sem acreditar.

A PENA MÁGICA DE GWENDY

— Vai... — Ela mexe nos botões para tentar descobrir se tem outra mensagem. Não tem. Aperta no botão para repetir a anterior e fica parada na frente da porta, ouvindo os quatro segundos de voz de Ryan. Várias vezes.

64

GWENDY SE SENTA DE PERNAS CRUZADAS na cama, o cabelo molhado enrolado numa toalha, e aperta ENVIAR no e-mail que acabou de escrever. Quando o modem desconecta da internet discada, ela fecha o laptop. Com uma expressão de preocupação no rosto, desce da cama e começa a se vestir. Está amarrando os sapatos quando o celular toca.

— Alô. — Tenta não se encher de esperanças.

— Oi, Gwendy, é a Patsy Follett. Te peguei num momento ruim?

— Patsy! — diz ela, empolgada de ouvir a voz da congressista. — Acabei de responder ao seu e-mail.

— E eu acabei de abrir e ler. Achei mais fácil ligar.

— Bom, como você está? — pergunta Gwendy. — Feliz Ano-Novo!

A PENA MÁGICA DE GWENDY

— Feliz Ano-Novo pra você também. Eu estava ótima até falar com meu amigo no Senado esta manhã. Depois disso, não estou mais tão ótima assim.

— Você acha mesmo que vamos ser chamadas de volta tão rápido?

— Foi o que ele disse. Falou em uma sessão de emergência por causa do Presidente Boca Grande e a Coreia. É a primeira vez que acontece isso desde o Harry Surtado Truman.

— Isso quer dizer que tem mais coisa acontecendo nos bastidores do que a imprensa nos conta.

— Evidentemente — diz Patsy com repulsa na voz. — Tenho que admitir que é a primeira vez que fiquei com medo de verdade de o idiota nos meter em outra guerra.

Gwendy olha para a caixa de botões na cômoda do outro lado do quarto e anda até lá.

— A ligação caiu, Gwen?

— Não, não, estou aqui. Só pensando.

65

Gwendy só fica na casa dos pais por um período curto naquela tarde, o suficiente para conversar sobre futebol americano e os Patriots com o pai (ele acha que Pete Carroll tem que ir atrás de terminar em quarto de novo; ela acredita que ele merece mais um ano para virar as coisas) e ajudar a mãe a escolher uma roupa para o jantar de Ano-Novo naquela noite nos Goff.

Ela já está do lado de fora, na varanda, procurando a chave do carro nos bolsos quando a sra. Peterson abre a porta e a faz parar.

— Espera um segundo. Preciso falar com você sobre uma coisinha.

Gwendy se vira.

— Você precisa entrar em casa, mãe, antes que pegue um resfriado. Está um gelo aqui fora.

A PENA MÁGICA DE GWENDY

— É coisa rápida.

É coisa ruim, pensa Gwendy, lendo a expressão no rosto dela. *Eu sabia que era bom demais pra ser verdade.*

— Tenho más notícias.

— Ai, mãe — diz Gwendy. — O que foi?

— Eu devia ter contado antes, mas não tive coragem.

Gwendy vai até ela.

— Só me conta o que foi.

— Eu olhei na minha bolsa. Olhei em todos os lugares, até liguei pro hospital... mas não consigo encontrar sua pena mágica em lugar nenhum.

Gwendy olha para ela... e cai na gargalhada.

— O que foi? — pergunta a sra. Peterson. — O que tem de tão engraçado nisso?

— Eu achei... achei que você ia me dizer que estava doente de novo, que o hospital tinha cometido outro erro.

A sra. Peterson coloca a mão sobre o coração.

— Meu Deus, não.

— A pena vai aparecer se for pra aparecer — diz Gwendy, abrindo a porta. — Já aconteceu uma vez. Agora entra, sua boba.

66

A CAMINHO DE CASA depois de sair da rua Carbine, Gwendy vê a viatura do xerife Ridgewick parada no acostamento da rodovia 117 com as luzes do teto piscando. Ela dá seta e para atrás dele.

Quando sai do carro, vê o xerife subindo de uma ravina coberta de neve que acompanha a rodovia. Ele está com neve até os quadris e cuspindo marimbondos.

— O que seus eleitores pensariam se te vissem falando assim?

O xerife olha para ela com neve no cabelo e o olhar fuzilante.

— Eles achariam que eu tive um dia de merda, e tive mesmo.

Gwendy estica a mão para ajudá-lo.

— O que você estava fazendo lá embaixo?

A PENA MÁGICA DE GWENDY

— Achei que tinha visto uma coisa — diz ele, e segura a mão dela. Ele sai da vala e começa a bater as botas no cascalho do acostamento. E olha para ela. — Eu ia te ligar antes de encostar o carro.

— O que aconteceu?

Ele passa a mão no queixo.

— Nós recebemos um envelope acolchoado na delegacia uma hora atrás. Sem remetente. Com carimbo do correio de ontem, de Augusta.

Gwendy sente o rosto ficar vermelho. Sabe o que vem em seguida.

— O gorro de esqui laranja que Deborah Parker estava usando na tarde em que foi patinar no gelo estava dentro do envelope. E, dentro do gorro... mais três dentes, supostamente dela.

Gwendy olha para ele boquiaberta, sem conseguir encontrar palavras.

— Pra piorar as coisas, eu saí do telefone um tempinho atrás com aquele repórter do *Portland Herald*. Alguém vazou a informação. Ele sabe sobre os dentes que a gente encontrou no moletom e sabe sobre o pacote.

— Mas você disse que foi entregue uma hora atrás.

Ele assente.

— Isso mesmo.

— Então, como...?

O xerife Ridgewick dá de ombros.

A PENA MÁGICA DE GWENDY

— Alguém precisava de dinheiro, acho. Ele está trabalhando num artigo pro jornal de amanhã de manhã e já está chamando o cara de "Fada do Dente".

— Meu Deus.

— Aham — diz ele em tom sombrio. — A merda vai ser jogada no ventilador.

67

O curto discurso de Gwendy na festa de Ano-Novo da Comissão de Pais e Mestres vai bem e gera aplausos calorosos da plateia, junto com o monte de assobios de sempre. Castle Rock pode sentir orgulho do sucesso da garota local, mas ainda tem muita gente que não acredita que uma mulher deveria ser a voz que os representa na capital da nação, menos ainda uma mulher de trinta e sete anos que também é democrata. É o que faz muita gente antiga no mercadinho da esquina usar a expressão "e como se não bastasse...".

Quando Brigette explicou que o plano era que todo mundo no Centro Municipal saísse para a praça de Castle Rock às onze para que a contagem regressiva de meia-noite pudesse acontecer no centro da cidade, perto da torre do relógio, Gwendy achou que era a epítome de

A PENA MÁGICA DE GWENDY

uma ideia ruim. Estaria escuro e congelante. As pessoas estariam cansadas e mal-humoradas. Ela previu que a maioria dos presentes iria para seus carros e para o calor da sala de casa naquele momento, para comemorar a queda da bola com Dick Clark e uma variedade de celebridades convidadas na televisão.

Mas ela se enganou feio e admite isso agora.

Os voluntários da comissão tinham criado um país das maravilhas festivo de inverno na praça, com várias luzinhas de Natal brancas cintilantes penduradas nas árvores e arbustos, na amurada e no teto do coreto e na cerquinha branca que delimitava o bosque na extremidade norte da praça. Havia serpentinas verdes e vermelhas penduradas em postes e placas. Uma barraca de chocolate quente e café tinha sido montada na entrada, e alguém tinha até decorado o Memorial de Guerra com uma fita vermelha vibrante no pescoço do soldado da Primeira Guerra Mundial e limpado a titica de pássaro do capacete dele.

O que chamava atenção pela ausência eram os vários pôsteres de VOCÊ VIU ESSA GAROTA? nos postes telefônicos e de luz e nas janelas e vitrines das construções em torno da praça. Por algumas horas só em uma noite, a conversa sobre as garotas desaparecidas foi deixada para trás, e as pessoas estavam se concentrando no que havia de positivo e esperançoso. Na

A PENA MÁGICA DE GWENDY

manhã seguinte, os pôsteres e as conversas sem dúvida voltariam.

Às quinze para a meia-noite, enquanto Gwendy está na fila esperando um chocolate quente, o local está vibrando. Crianças passam correndo em bandos ansiosos, gritando e rindo, jogando bolas de neve umas nas outras e deslizando em áreas de gelo enquanto os pais e vizinhos andam pelo local, indo de um grupo para outro, conversando, fofocando, tomando goles de uísque de garrafinhas escondidas e fazendo planos grandiosos para que o ano 2000 seja o melhor de todos. Gwendy vê Grace Featherstone, da Book Nook, conversando perto do coreto com Nanette, da lanchonete. Brigette está se reunindo com um grupo de gente da comissão perto das mesas de piquenique, sem dúvida verificando se tudo está pronto para a meia-noite e a grande contagem regressiva. Gwendy viu o sr. e a sra. Hoffman mais cedo no salão, mas se esforçou para evitá-los, chegando ao ponto de se esconder no banheiro por bem mais tempo do que o necessário. Até o momento, tudo bem quanto a isso; ela não tinha voltado a ver nenhum dos dois.

A fila anda devagar e ela repara em um homem alto com bigode farto usando um boné dos Patriots encostado em um poste perto do chafariz. Ele parece estar olhando para ela, mas Gwendy não tem como ter

A PENA MÁGICA DE GWENDY

certeza de que não está imaginando. Acha que se lembra de vê-lo mais cedo, na plateia, durante o discurso.

— É você, sra. Gwendy Peterson?

Ela se vira. Leva um segundo para reconhecer o homem mais velho parado atrás dela, mas o nome acaba voltando logo.

— Ora, oi de novo, sr. Charlie Browne.

— Só Charlie, por favor.

— Está gostando da comemoração de Ano-Novo?

— Estava gostando bem mais quando a gente estava lá dentro e meus miúdos não estavam congelando.

Gwendy inclina a cabeça para trás e ri.

— Que bom que não está ventando, senão íamos virar um monte de esculturas de gelo aqui.

Ele grunhe e olha em volta.

— Viu meu filho por aí? O relógio vai dar meia-noite e eu estou por aqui.

Gwendy balança a cabeça.

— Desculpe, não vi.

— Aí está você — diz Brigette, chegando em meio a uma nuvem de perfume. — Eu estava te procurando. Por que está esperando na fila? — Ela acena furiosamente para uma das mulheres na barraca. — Dá pra arrumar correndo um chocolate quente pra congressista?

— Brigette, não — diz Gwendy, horrorizada. As pessoas estão olhando para elas, algumas apontando.

A PENA MÁGICA DE GWENDY

— Prontinho — diz uma mulher de cabelo escuro, aproximando-se correndo com um copo de isopor.

Gwendy não quer aceitar, mas não tem escolha.

— Obrigada. Não precisava fazer isso.

— Besteira — diz Brigette, pegando-a pelo braço e a levando dali. — Quero você ao meu lado à meia-noite.

— Feliz Ano-Novo, sr. Browne — diz Gwendy por cima do ombro. — Foi bom te ver de novo.

— Feliz Ano-Novo, congressista — diz ele com um sorrisinho; Gwendy não sabe se está imaginando coisas, mas tem quase certeza de que o tom dele não está mais simpático.

— Mais três minutos — diz Brigette, olhando para o relógio. Ela vê o marido do outro lado da praça, conversando com dois outros homens. — Travis! Travis! — Ela aponta para a torre do relógio. — Pra lá!

Ele assente, obediente, e segue na direção que ela apontou.

A torre do relógio em miniatura fica no coração da praça de Castle Rock. Tem quase sete metros, e o mostrador mede um metro de diâmetro. Foi erigida no período de reconstrução da cidade depois do Grande Incêndio e tem uma placa de metal na base de pedra da torre que diz: *Em honra ao espírito indomável dos cidadãos de Castle Rock – 1992.*

A PENA MÁGICA DE GWENDY

Uma mulher corpulenta usando o que parecem ser várias camadas de camisas de flanela faz uma expressão de alívio quando elas se aproximam.

— Graças a Deus, eu estava começando a me preocupar. — Ela entrega um microfone a Brigette. Uma corda preta comprida serpenteia da ponta dele até um amplificador grande apoiado em uma mesa de piquenique atrás delas.

Gwendy sorri para a mulher.

— Feliz Ano-Novo.

— Feliz Ano-Novo — diz ela com timidez, e logo afasta o olhar.

Travis se aproxima por trás, sorrindo e com cheiro de loção pós-barba e uísque.

— Tudo pronto, moças?

— Quase — diz Brigette. Ela liga o microfone, e um ruído estridente de retorno explode no amplificador. As pessoas resmungam e cobrem os ouvidos. A mulher de camisa de flanela corre para ajustar vários botões no alto do equipamento até o som diminuir e acabar se dissipando.

— Um minuto pra meia-noite! — anuncia Brigette com euforia. — Um minuto pra meia-noite!

Um grupo começa a se reunir no pé da torre do relógio, as crianças menores indo para a frente, a maioria com colares que brilham no escuro e cornetas de festa e coisas barulhentas. Muitos dos adultos estão usando chapéus de papelão com purpurina com ANO 2K! ou 2000! ou FELIZ ANO-NOVO! impresso na aba em ângulos irregulares.

— Trinta segundos! — grita Brigette, o tom beirando a histeria; pela primeira vez na noite, Gwendy se pergunta o quanto a amiga bebeu.

Ao observar a multidão, ela vê Grace e Nanette e Milly Harris, organista da igreja, reunidas de lado. As três estão olhando para o relógio e fazendo a contagem regressiva. Charlie Browne está atrás, sozinho, com o pé apoiado em um banco. Está usando botas de caubói surradas e um chapéu de plástico verde com uma flor amarela falsa no alto. Ele sorri e acena com animação para Gwendy. Ela retribui o aceno com gratidão, pensando que deve ter se enganado sobre ele antes.

Uns dez metros atrás do sr. Browne está o estranho de bigode com boné dos Patriots. Ele está observando as pessoas, mas é difícil ver o rosto dele direito com a aba do boné puxada tão para baixo.

— DEZ, NOVE, OITO, SETE, SEIS... — Brigette afasta o microfone da boca. O barulho das pessoas está mais alto do que a voz dela amplificada.

— CINCO... QUATRO... TRÊS... DOIS... UM...

A multidão explode.

— FELIZ ANO-NOVOOOOOO!

A PENA MÁGICA DE GWENDY

Uma cacofonia de gritos e berros bêbados, cornetas, apitos e outros barulhos enche o ar. Jogam confete aos montes. Alguém do outro lado da praça dispara foguetinhos. Explosões brilhantes em vermelho, branco e azul iluminam o céu da noite e descem até o chão coberto de neve. Em volta de Gwendy, as pessoas estão se abraçando e se beijando. Ela pensa em Ryan, em como a barba dele faz cócegas no queixo dela quando ele a beija, e uma dor profunda surge no meio do peito dela.

Brigette se solta dos braços do marido, e é a vez de Gwendy.

— Feliz Ano-Novo! — grita ela em meio à barulheira, abraçando Gwendy com força. — Estou tão feliz de você estar aqui!

— Feliz Ano-Novo! — diz Gwendy, o rosto banhado pelo brilho dos fogos.

— Minha vez. — Travis está parado atrás da esposa, os braços abertos, olhando para Gwendy. — Feliz Ano-Novo!

Gwendy se inclina e o abraça, e a lateral do rosto dela roça na pele fria da bochecha de Travis.

— Feliz Ano... — ela começa a dizer, mas alguma coisa muda.

Tudo muda.

De repente, Travis parece bem claro para ela, muito *brilhante* e em foco, quase como se estivesse iluminado por dentro, e tudo em volta dele some. Ela repara na pequena cicatriz no queixo dele; na mesma hora, *entende* que o cachorro do vizinho, Barney, mordeu Travis quando ele tinha oito anos porque ele estava jogando pedras no animal pelo alambrado. Isso foi em Boston, onde Travis passou a infância. Ela vê a textura grossa e ondulada do cabelo dele e de repente *entende* que ele está tendo um caso com a cabeleireira, uma mulher solteira chamada Katy, que mora em um trailer nos arredores da cidade com o filho de três anos. Sua querida amiga Brigette não sabe de nada...

... mas a visão de Gwendy fica fora de foco, e Travis de repente some de vista, como se estivesse sendo sugado para a bocarra de um vórtice preto, e tudo em volta ganha foco de novo.

— ... está bem? — pergunta Travis. Ele está a uma distância curta, olhando para ela com preocupação nos olhos.

Gwendy pisca e olha em volta.

— Estou bem — diz ela. — Fiquei meio tonta uns minutinhos.

— Meu Deus, eu achei que você estivesse tendo uma convulsão — diz ele.

— Vem — diz Brigette, segurando o braço dela. — Vem se sentar.

A PENA MÁGICA DE GWENDY

— De verdade, eu estou bem. — Ela quer sair dali, e quer sair agora. — Acho que está na hora de eu ir pra casa. O dia foi longo.

— Tem certeza de que você deveria dirigir? O Travis pode te levar...

— Eu estou bem — diz Gwendy, forçando um sorriso. — Juro.

Brigette olha para ela por um tempo.

— Tudo bem, mas toma cuidado, por favor.

— Pode deixar — diz Gwendy, e acena em despedida. — Falo com você amanhã.

O que foi aquilo?, pensa ela enquanto atravessa a praça em direção ao carro. Ela nem sabe como descrever o que acabou de acontecer, mas sabe que nunca viveu nada remotamente parecido. É quase como se uma porta tivesse sido aberta e ela tivesse entrado. Mas aberta para quê? A alma de Travis? Parece absurdo, uma coisa saída de um livro de ficção científica — mas também faz certo sentido para ela, da mesma forma que a caixa de botões faz certo sentido para ela agora.

Será que o acontecido é um efeito colateral bizarro dos chocolates que ela deu para a mãe? E por que Travis? Ela mal o conhecia antes, e ele não foi a única pessoa com quem ela fez contato ao longo da noite. Ela apertou dezenas de mãos de outras pessoas.

A PENA MÁGICA DE GWENDY

Uma figura escura de repente sai das sombras na frente dela.

— Está tudo bem, sra. Peterson?

Sobressaltada, Gwendy para de repente. É o estranho de boné do Patriots, e ele está tão perto que, se esticasse a mão, conseguiria tocar nela. Ela está presa entre prédios agora, e está mais escuro ali sem a luz da rua.

— Eu estou bem — diz ela, tentando não deixar o medo transparecer. — Você devia tomar mais cuidado ao abordar pessoas assim. Principalmente com tudo que está acontecendo aqui.

— Peço desculpas — diz o homem em um tom agradável. — Eu vi o que aconteceu e fiquei preocupado.

— Você viu o que aconteceu — repete Gwendy com rispidez na voz. — E por que você estava me observando, senhor...?

— Nolan — diz o homem, abrindo o casaco e revelando um distintivo preso no cinto. — Detetive Nolan.

Gwendy arregala os olhos e sente um rubor se espalhar pelas bochechas.

— E agora eu me sinto muito tonta.

O detetive levanta as mãos.

— Não se sinta, senhora. Eu devia ter me identificado logo.

— O xerife Ridgewick te pediu pra ficar de olho em mim?

— Não, senhora. Quando o xerife fala sobre você, tenho certeza de que acha que você sabe se cuidar.

Gwendy ri. Ela consegue visualizar Norris dizendo exatamente aquilo.

— Bom, tenha uma boa-noite, detetive. Obrigada por ficar de olho em mim.

Ele assente sem dizer nada e sai andando na direção da praça.

Gwendy se vira para a rua e, no tempo que leva para reconhecer o homem andando em sua direção, decide conduzir um experimento.

— Oi, sr. Gallagher — diz ela. — Feliz Ano-Novo. — Tira a luva da mão direita e a estende na direção dele.

— Feliz Ano-Novo pra você também, minha jovem.

— O professor de álgebra do oitavo ano de Gwendy aperta a mão dela com firmeza. Ela sente os calos ásperos da palma da mão dele. — Você devia passar na escola um dia desses. As crianças iam adorar te ver.

— Vou fazer isso — diz ela, esperando que alguma coisa, *qualquer coisa* fora do comum aconteça.

Mas não acontece.

Então, continua andando até chegar à rua Principal, onde parou o carro. Ela está pensando na caixa de botões e nos chocolatinhos, sem prestar atenção por onde anda, quando de repente sente os pés sumirem de debaixo do corpo. Em um minuto ela está caminhan-

A PENA MÁGICA DE GWENDY

do com confiança pelo Castle Rock Diner, vendo de relance o próprio reflexo na vitrine escura; no seguinte está deslizando por um trecho congelado de calçada, balançando os braços acima da cabeça.

Alguém a segura pela cintura.

— Ah, meu Deus — diz ela, firmando-se.

— Essa foi por pouco, sra. Peterson. — Lucas Browne solta a cintura dela e se abaixa para pegar algo na calçada. Volta segurando a luva dela. — Você deixou isto cair.

— Ele sorri e entrega para ela e seus dedos expostos se tocam...

... e a rua Principal some de repente, os carros e lojas e postes de luz desaparecem, e a única coisa que ela vê é *ele*, com detalhes brilhantes e quase reluzentes. E é assim que ela *sabe*. Lucas Browne é o Fada do Dente. Ela olha para as mãos dele e vê os dedos enluvados se fecharem em um instrumento de aço inoxidável, enfiá-lo em uma boca de boneco cheia de dentes falsos em uma mesa iluminada, *Escola de Odontologia da UB* bordado no peito do jaleco comprido que está usando... E depois vê os mesmos dedos, imundos agora, segurando uma pinça enferrujada; ele está na frente de Deborah Parker, encolhida, o cabelo comprido molhado de suor, os olhos arregalados e assustados, as pontas das botas de caubói dele salpicadas de gotas gordas de sangue...

A PENA MÁGICA DE GWENDY

E a escuridão o engole, e a paisagem da rua ganha foco de novo e Lucas Browne está parado na calçada na frente dela.

— O que acabou de acontecer? — pergunta ele, apertando os olhos. — Você está bem?

— Eu... estou bem — diz ela. — Obrigada. Você me salvou de uma queda horrível. — A voz dela soa embotada e distante.

Um casal jovem, andando de braços dados, passa por eles. O garoto, um imitador de James Dean com jaqueta de couro e cigarro pendurado na boca, assente para eles.

— E aí, Lucas?

Lucas não responde, nem olha para o sujeito, só vê Gwendy atravessar a rua com aquele mesmo olhar de cautela no rosto.

Gwendy destranca o carro, entra e o tranca rapidamente. Suas mãos estão tremendo e seu coração parece que vai explodir no peito. Ela liga o motor e se afasta sem nem esperar o carro esquentar. Quando olha para a calçada, Lucas Browne ainda está parado lá, observando-a.

68

O xerife Ridgewick atende no primeiro toque.

— Alô.

— É o Lucas Browne! — Gwendy quase grita. — O Lucas Browne é o Fada do Dente!

— Gwendy? Você sabe que horas são?

— Me escuta, Norris. Por favor. Eu acho que a Deborah Parker ainda está viva, mas não sei quanto tempo ela tem.

— Tudo bem, começa do começo e me conta como sabe disso.

— Eu acabei de esbarrar no Lucas Browne na rua Principal e…

— O que você estava fazendo na rua Principal a essa hora da noite?

— Eu estava indo para o carro depois da festa de

A PENA MÁGICA DE GWENDY

Ano-Novo — diz ela, a frustração aumentando —, mas isso não é importante. Lucas Browne fez faculdade de odontologia em Buffalo.

— E como você sabe disso? Na verdade, como conhece o Lucas Browne?

— Eu o conheci junto com o pai durante a busca no campo naquele dia. Ele me disse que o Lucas fez faculdade em Buffalo, mas voltou pra casa antes de terminar porque se meteu em algum tipo de confusão.

— E o Lucas contou que foi de odontologia quando você o viu hoje?

Ela não responde imediatamente.

— Mais ou menos isso. — Ela respira fundo. — Norris, ele estava de botas de caubói. Eu acho que tinha sangue nelas.

Uma movimentação ao fundo agora.

— Onde você está?

— Eu acabei de entrar na 117. Indo pra casa.

— Dá meia-volta — diz ele, e ela ouve uma porta se abrindo e fechando. — Me encontra na delegacia. Não liga pra mais ninguém.

— Vai rápido, Norris.

69

Gwendy puxa uma cadeira, senta-se ao lado de Sheila Brigham no cubículo do atendimento e ouve as chamadas de rádio conforme vão chegando. Ela reconhece imediatamente o xerife Ridgewick — embora a voz dele fique bem mais grave pelas ondas de rádio — e o policial estadual Tom Noel, que era de um ano abaixo do dela na Castle Rock High e cresceu a dois quarteirões da rua Carbine. Os outros são estranhos para ela, as vozes tensas e cortadas, mas Gwendy ouve a empolgação nelas.

O xerife e o policial Footman estão no primeiro carro, seguido por um comboio grande de viaturas do Departamento do Xerife de Castle Rock, do Departamento de Polícia de Castle Rock e da Polícia Estadual do Maine. Eles acabaram de atravessar a velha ponte

A PENA MÁGICA DE GWENDY

ferroviária na estrada Jessup e vão se dividir e cercar o rancho de Browne em questão de minutos.

Apesar dos inúmeros pedidos e de uma tentativa desanimada de suborno (envolvendo uma das amadas varas de pesca do sr. Peterson), o xerife se recusou a deixar Gwendy ir junto com ele ou com os outros homens; a imprensa ia ter um dia animado, argumentou ele, principalmente se algo desse errado e ela acabasse ferida. Assim, aquilo é o mais perto que ela vai chegar da ação.

Ela olha para o rádio tensa, batendo o pé no tapete verde feio e roendo as unhas. Sheila já a repreendeu duas vezes por não sossegar, mas Gwendy não consegue se controlar. Sua energia já está na reserva e ela funciona à base de quase meia dúzia de copos de café. São quase dez da manhã, e ela não pregou o olho. Na verdade, nem voltou para casa à noite.

Pouco depois da uma da madrugada, pouco depois de encontrar Gwendy na delegacia, o xerife Ridgewick fez contato com um tal de detetive Tipton, do Departamento de Polícia de Buffalo. Eles vasculharam arquivos. Fizeram ligações telefônicas. Bateram em portas. Às seis da manhã, um oficial sênior da Administração da Universidade de Buffalo confirmou que Lucas Tillman Browne, de Castle Rock, Maine, foi expulso da Fa-

A PENA MÁGICA DE GWENDY

culdade de Odontologia pouco antes da conclusão do terceiro semestre depois que inúmeras alunas fizeram denúncias de assédio sexual e perseguição contra ele. Pouco depois das oito da manhã, detetives da Polícia Estadual souberam dos Tomlinson e dos Parker que as duas famílias tinham contratado o faz-tudo Charles Browne na primavera anterior para lavar a cobertura de alumínio das casas. Nas duas ocasiões, o sr. Browne tinha ido acompanhado do filho. Fazia tanto tempo que as famílias tinham simplesmente esquecido disso. Aquele baú do tesouro de novas informações levou a um mandado de busca emitido para a residência de Browne e para a propriedade ao redor.

— *Estou vendo um homem sozinho* — diz alguém no rádio, e Gwendy visualiza o xerife Ridgewick sentado no banco do motorista da viatura, apertando os olhos para ver pelo para-brisa. — *Ou melhor, dois homens na garagem. O segundo está trabalhando embaixo da picape.*

— *Entendido. Estamos em posição nos fundos.*

— *Tudo certo na cerca. Se ele vier para cá, nós o pegamos.*

— *Me aproximando dos dois agora. O detetive Thome está à minha frente bloqueando a saída de carros. Aguardem.*

Três minutos e meio depois:

— *O mandado foi entregue. Ambos estão cooperando. Os detetives estão entrando na residência. Aguardem.*

A PENA MÁGICA DE GWENDY

O rádio fica em silêncio. Alguém pede que um novo par de luvas seja levado para dentro de casa. Outro policial pergunta se ele e seus homens devem continuar desviando o tráfego no cruzamento. O policial Portman responde que afirmativo.

Gwendy respira fundo e solta. Sheila dá uma mordida numa rosquinha e olha com atenção para o monitor de rádio, as feições imutáveis.

— Como você pode estar tão calma? — pergunta Gwendy, quebrando o silêncio. — Eu estou morrendo aqui.

Sheila olha para ela com expressão seca, os cantos da boca manchados de pó branco.

— Vinte e cinco anos no serviço, querida. Já vi e ouvi de tudo a esta altura. Você não acreditaria nas coisas que eu já vi! — Ela dá outra mordida na rosquinha e continua com a boca cheia. — Mas vou te dizer uma coisa... Se você não parar de roer essas suas unhas, vai ter que atravessar a rua e ir à farmácia em uns cinco minutos pra comprar uns band-aids.

Gwendy tira o dedo mindinho da boca e cruza os braços como uma adolescente emburrada.

— *Sheila, volta* — diz o rádio.

Ela limpa os dedos sujos de açúcar na blusa e aperta o botão do microfone.

— Estou aqui, xerife.

A PENA MÁGICA DE GWENDY

Há um estalo de estática e:

— *Tenho uma mensagem pra nossa visitante.*

— Entendido. Ela está aqui ao meu lado, roendo as unhas.

— *Diz pra ela... que a gente pegou nosso homem.*

70

— Aumenta, Gwen — diz o pai, sentado no braço da poltrona. Ele está olhando fascinado para a tela da televisão.

— Vou fazer alguns comentários breves — diz o xerife Ridgewick diante do amontoado de microfones na frente da delegacia —, depois vou passar a palavra ao detetive Frank Thome, da Polícia Estadual, para que ele responda a perguntas.

Ele abre um bloco e começa a ler.

— Hoje cedo, o Departamento do Xerife do condado de Castle e a Polícia Estadual do Maine executaram um mandado de busca numa residência localizada na estrada Ford 113, no norte de Castle Rock. Vários itens pessoais pertencentes a Rhonda Tomlinson foram encontrados debaixo de uma tábua de piso solta em um dos quartos. Depois de vários residentes da casa terem sido interrogados, Lucas Browne, de vinte anos, foi preso preventivamente. Após receber permissão do dono da casa, Charles Browne, de cinquenta e nove anos, para fazer uma busca em um chalé da família perto do lago Dark Score, os policiais encontraram Deborah Parker, de catorze anos, algemada e inconsciente no porão de terra da cabine. Ela foi devolvida à família e está recebendo tratamento médico num hospital local.

O xerife levanta o rosto do bloco, as olheiras contando o resto da história.

— Depois de uma busca extensiva na propriedade em torno do chalé, os policiais conseguiram encontrar os restos mortais de Rhonda Tomlinson e de Carla Hoffman, enterrados não muito longe. Ambas as famílias foram notificadas, e os restos das vítimas serão transportados para o Necrotério do Condado de Castle assim que possível para que seja dado prosseguimento à investigação. Lucas Browne foi acusado do sequestro e assassinato da srta. Tomlinson e da srta. Hoffman e do sequestro e da tortura da srta. Parker. Há acusações adicionais pendentes. Lucas Browne permanece sob custódia no Departamento do Xerife do Condado de Castle. O detetive Thome agora vai responder às perguntas.

A PENA MÁGICA DE GWENDY

O xerife Ridgewick se afasta do púlpito improvisado e olha para o chão.

— Bem. — O sr. Peterson suspira. — O final está longe de ser feliz, mas é o melhor que a gente poderia esperar, acho.

— Coitadas das famílias — diz a sra. Peterson, fazendo o sinal da cruz. — Nem consigo imaginar o que estão passando.

Gwendy não diz nada. As últimas dezoito horas foram um turbilhão… e seu cérebro e corpo ainda estão lutando para se recuperar.

Mais cedo, o xerife confidenciou a ela em grandes detalhes os horrores que encontraram na casa e no chalé dos Browne: um par de sacos de sanduíche Ziploc encontrados debaixo de uma segunda tábua solta no quarto de Lucas, o primeiro com várias bijuterias pertencentes a sabe-se lá quantas mulheres e o segundo contendo cinquenta e sete dentes de vários formatos e tamanhos. No porão do chalé, acharam um kit de ferramentas macabro consistindo em uma seleção de pinças sujas de sangue, uma furadeira e várias serras elétricas. Gwendy se perguntou quanto tempo demoraria para a imprensa obter essa informação.

— Que bom para Norris Ridgewick — diz o sr. Peterson, ainda olhando para a televisão. — Já estava na hora de as pessoas desta cidade serem gratas a ele.

A PENA MÁGICA DE GWENDY

O celular de Gwendy toca.
— Preciso atender. — Ela se levanta do sofá e vai até a cozinha. — Alô.
— Tem um minuto?
— Estava sentindo as orelhas quentes, xerife?
— Todos os dias nas duas últimas semanas — diz ele com cansaço.
— A gente acabou de ver um replay da sua declaração à imprensa. Você foi bem.
— Obrigado. — Ele faz uma pausa. — Ainda é estranho não mencionar sua parte na investigação. Parece errado levar todo o crédito.
— Acho que boa parte desse crédito está atrasado por aqui.
— Eu não diria isso.
— Eu diria.
— Mas eu tenho uma pergunta pra você.
Lá vem.
— Qual? — pergunta ela.
— Eu sei que a coisa da faculdade de odonto deu a dica pra você. E as botas de caubói. Mas como você soube *de verdade*?
Gwendy não responde imediatamente. Quando responde, suas palavras são escolhidas com cuidado e tão honestas quanto possível.

A PENA MÁGICA DE GWENDY

— Foi só uma sensação... forte. Ele tem uma energia bem sinistra, uma espécie de *fome*, que dava pra sentir emanando dele.

— Então você está dizendo que foi... intuição?

Ela consegue vê-lo revirando os olhos.

— Algo assim.

— Bom, seja o que for, estou agradecido. Você salvou a vida da garota.

— *Nós* salvamos, Norris.

— Você está em casa agora? Quero deixar aí o relatório que acabei de escrever. Só pra ter certeza de que estamos em sintonia.

— Estou na casa dos meus pais, mas posso passar na delegacia depois do jantar.

— Aí já vai ser tarde. Você se importa se eu levar aí?

— Tudo bem. Eu vou estar aqui. — E ela pensa: *Se ele tentar apertar a minha mão, vou dizer que estou ficando doente, que é melhor ele não encostar em mim. Como falei pros meus pais hoje cedo.*

— Ótimo, me dá uns quinze minutos.

Mas ele só leva dez.

Gwendy está curvada sobre a mesa de jantar, procurando uma peça de canto do quebra-cabeça mais novo, a paisagem noturna de Nova York de longe, quando a campainha toca.

— É o Norris — diz ela, se levantando.

A PENA MÁGICA DE GWENDY

— Convida ele pra entrar — diz a sra. Peterson. Gwendy vai até o saguão.

— Você deve ter vindo em alta velocidade... — diz ela enquanto abre a porta. As palavras morrem na garganta. — Ryan?

Seu marido está parado na varanda, um buquê de flores em uma das mãos, a bolsa da câmera na outra. O rosto está barbeado e bronzeado e os olhos cintilam de expectativa nervosa. Ele parece um garotinho se balançando nos calcanhares e sorrindo.

— Eu sei que você gosta de surpresas — diz ele.

Gwendy dá um gritinho de empolgação e se joga nos braços dele. Ele solta a bolsa da câmera, pega a esposa no colo com a mão livre e a gira. Seus lábios encontram os dele e, enquanto ele a gira e gira na varanda da casa onde ela passou a infância, Gwendy pensa: *Não tem nada de ruim neste homem, ele é meu* lar.

71

PELA PRIMEIRA VEZ NA vida, Gwendy quer contar a alguém sobre a caixa de botões.

Ela olha para Ryan no banco do motorista. Odeia guardar um segredo tão grande dele — *qualquer* segredo, na verdade —, mas tem medo de ser perigoso para o marido saber sobre a caixa. Também não gosta da ideia de ele não ter escolha na questão. Se ela decidir contar, ele não vai ter como fugir da informação (e da responsabilidade), quer queira ou não. E de que forma isso seria melhor do que o que Richard Farris fez com ela? Duas vezes agora!

— Um centavo pelos seus pensamentos — diz ele, olhando pelo retrovisor e sinalizando a mudança de pista. — Você está muito calada. Preocupada com a sessão de emergência?

A PENA MÁGICA DE GWENDY

Ela assente.

— Sim. — É verdade.

— Você vai se sair muito bem, querida.

— Pra ser sincera, eu nem sei o que devo fazer, qual vai ser meu papel nisso tudo.

— Você vai ouvir e aprender, depois vai se adiantar e liderar. É o que você sempre faz.

Ela suspira e olha pela janela. Lagos congelados e fazendas, cobertas de neve até parecerem fantasmas cinzentos, passam nos campos distantes.

— Com sorte, vamos conseguir enfiar bom senso na cabeça do homem. Mas eu vou esperar sentada.

— Se eu te conheço, você não vai descansar enquanto não conseguir.

A ligação chegou na noite anterior. Do outro lado da linha estava o Porta-voz da Casa em pessoa, Dennis Hastert. A mensagem dele foi breve e direta: a Casa e o Senado voltariam a funcionar na segunda-feira, dia 3 de janeiro, às nove da manhã, cinco dias antes do marcado. Gwendy agradeceu pela ligação, desligou e contou a Ryan. Eles tinham saído da casa dos pais dela duas horas antes, e ele ainda nem tinha tido tempo de desfazer as malas.

Ela teve medo de deixar a caixa de botões no cofre do apartamento; e se Ryan decidisse ir pra casa sem ela em algum momento e a abrisse? E o banco Castle

A PENA MÁGICA DE GWENDY

Rock Economias e Empréstimos estava fechado por ser domingo, então não teve escolha além de levar a caixa junto.

Assim que esse problema foi resolvido, outra complicação surgiu: por causa do aviso de última hora, ela não conseguiu um avião particular para sair do Aeroporto do Condado de Castle e foi obrigada a pegar uma aeronave em um aeroporto um pouco maior ao sul de Portland. Mas o trajeto extra e as perguntas inevitáveis de Ryan ("Desde quando a gente voa de avião particular?") valeriam a pena pelo menos para evitar as máquinas de raio X no aeroporto.

— Que tal eu te deixar na frente com a bagagem? — pergunta Ryan, guiando o carro pela rampa de saída para a estrada de acesso ao Aeroporto de South Portland.

— Vou parar na garagem e te encontro lá dentro.

— Me parece bom. Vamos ter bastante tempo.

Ryan para junto à área do meio-fio identificada como ZONA DE DESEMBARQUE na frente da construção principal; diferentemente do Aeroporto do Condado de Castle, o lugar tem mais de um prédio, sem mencionar várias pistas e uma garagem de três andares. Ele tira a bagagem do porta-malas, inclusive a bolsa de mão de Gwendy com a caixa de botões. Deixa a esposa parada no meio-fio e atravessa a rua com o carro até a garagem.

A PENA MÁGICA DE GWENDY

Ela olha em volta e vê duas famílias grandes esperando na fila para despachar a bagagem (nesse caso, uma cabine de fibra de vidro improvisada com dois carrinhos de mercado enormes ao lado). Várias crianças pequenas estão se esforçando para se soltar das mãos dos pais; uma garotinha, com o rosto vermelho como beterraba e manchado de lágrimas, parece à beira de um grande ataque de birra. Um funcionário solitário do aeroporto com a expressão atribulada está identificando a montanha de malas caras com a eficiência e velocidade de uma preguiça. Se ele tem alguma pessoa para ajudar naquele segundo dia de janeiro, ela não está em nenhum lugar por perto.

Gwendy suspira, sentindo pena do sujeito, e se senta em um banco próximo. Arruma as três malas diante dela na calçada e coloca a bolsa de mão ao lado, com um braço por cima por segurança.

— Com licença, moça, tem alguém sentado aqui?

— Não — diz ela, erguendo o rosto. — Fique à vontade para...

Richard Farris está parado na frente dela, parecendo quase uma cópia idêntica do homem que ela conheceu vinte e cinco anos antes em um banco no Parque de Castle View. O rosto dele não envelheceu nem um dia, e ele está usando uma calça jeans escura com camisa de botão (cinza-claro desta vez em vez de branca), um

A PENA MÁGICA DE GWENDY

paletó preto como se fosse de um terno e, claro, aquele chapeuzinho preto enfiado na cabeça.

— Como... De onde você veio? — diz ela com voz baixa e impressionada.

Ele se senta na outra ponta do banco com um sorriso caloroso. A bolsa de mão fica entre os dois.

Gwendy pensa em se beliscar no braço para ter certeza de que não está sonhando, mas de repente está com medo de se mexer.

— Era você no shopping com a minha mãe? Você... Por que você deixou a caixa comigo de novo? — Ela está falando rápido agora, semanas de frustração e ansiedade surgindo na voz. — Achei que você tivesse dito...

Farris levanta a mão para silenciá-la.

— Eu entendo que você tem perguntas, mas meu tempo aqui é limitado, então vamos conversar um momento antes de sermos interrompidos. — Ele chega um pouco mais perto do centro do banco. — Em relação ao retorno da nossa velha amiga, a caixa de botões... Vamos só dizer que me vi numa situação complicada e precisei deixá-la em um lugar seguro por um tempinho. — Ele olha para ela com afeição evidente nos olhos azul-claros. — Você, Gwendy Peterson, foi o lugar mais seguro em que consegui pensar.

— Acho que vou interpretar isso como um elogio.

A PENA MÁGICA DE GWENDY

— Como pretendido, minha querida. Eu falei pra você muito tempo atrás, seu tempo de posse da caixa foi excepcional na primeira vez que a deixei com você. E tenho confiança total de que foi de novo.

— Eu não teria tanta certeza — diz ela. — Fiquei péssima o tempo todo. Não sabia o que fazer. Apertar o botão, não apertar o botão. — Ela solta o ar. — No fim das contas, fiz o melhor que consegui.

— E é exatamente isso que podemos esperar em uma empreitada dessas. Conhecendo você como conheço, acredito que tenha se saído muito bem desta vez também. — Ele apoia a mão na mala de mão e tamborila os dedos compridos e finos no zíper. — Ignorar a tentação dos botões é uma tarefa difícil durante o melhor dos tempos. Não são muitos que conseguem resistir. Mas, como você bem sabe agora, quando deixada em paz, a caixa pode ser uma força potente para o bem.

— Mas eu não deixei ela em paz — diz Gwendy com um choramingo na voz do qual se lembra bem da adolescência. — Não completamente. Eu empurrei a alavanca... muitas vezes.

Farris faz que sim bem de leve.

— Minha mãe vai ficar bem? Os chocolates a curaram, não foi? — E, quase como uma reflexão posterior: — Eu tinha que tentar.

A PENA MÁGICA DE GWENDY

— É sabido que hospitais cometem erros, especialmente quando se trata de exames de sangue chatos. Amostras são contaminadas; tubos de ensaio recebem rótulos errados. Acontece o tempo todo. Mas você a deixou com um suprimento suficiente?

— Deixei — diz ela, parecendo uma adolescente culpada.

Uma minivan para junto ao meio-fio na frente deles. A porta lateral se abre e uma mulher e uma garota saem carregando malas. As duas se despedem com alegria do motorista, a porta se fecha e a van vai embora. A mulher e a garota andam até o fim da linha para despachar a bagagem e nem olham na direção deles no banco.

— O que aconteceu com o Lucas Browne e o marido da minha amiga... As coisas horríveis que eu vi na minha cabeça... A caixa fez aquilo, né? Foi por causa dos chocolates? Vai acontecer de novo?

— Isso não depende de mim. Quando o assunto é a caixa de botões, algumas coisas, *muitas* coisas, permanecem fora do meu alcance.

Ela olha para ele, boquiaberta.

— Mas, se você não sabe as respostas, quem sabe?

Farris não responde, só a observa por olhos apertados que parecem quase cinzentos agora. O chapéu deixa uma linha fina de sombra acima das sobrancelhas do homem. Por fim, ele diz:

A PENA MÁGICA DE GWENDY

— Mas tenho uma resolução pra você pela qual acredito que esteja ansiosa já há um tempo.

— O quê? — pergunta Gwendy, com o tom de choramingo de volta.

A ideia de que Richard Farris não é a força onipotente por trás do poder da caixa de botões, mas sim uma espécie de *mensageiro* glorificado, não só irrita Gwendy como também a apavora.

Ele se inclina para perto e, por um momento tenso, Gwendy tem medo de ele esticar a mão e segurar a dela.

— Sua vida é sua, sim. As histórias que escolheu contar, as pessoas pelas quais escolheu lutar, as vidas que tocou... — Ele balança a mão no ar na frente do rosto. — É tudo coisa sua. Não da caixa de botões. Você *sempre* foi especial, Gwendy Peterson, desde o dia em que nasceu.

Gwendy se esquece de respirar por um momento. Sente um peso enorme cair dos ombros e do entorno do coração.

— Obrigada — ela consegue dizer, a voz trêmula.

Farris inclina a cabeça, como se ouvindo uma voz distante.

— Ora, meu tempo acabou. Seu marido está vindo. Ele é um homem adorável, um contador de histórias do jeito dele.

— E a caixa? — pergunta Gwendy subitamente.

A PENA MÁGICA DE GWENDY

— Já está resolvida.

Ela olha para ele, confusa por um momento, pega a mala de mão e a sacode.

Parece vazia. *Está* vazia.

— Como você...?

Farris ri.

— Você já devia saber que não deve fazer perguntas tolas assim, mocinha.

É estranho ser chamada de "mocinha" por um homem que aparenta ter mais ou menos a mesma idade que ela. Por outro lado, cada minuto daquela experiência é estranho, quase coisa de sonho.

— Eu tenho que ir — diz ele, e se levanta, e Gwendy tem certeza de que ele vai tirar o relógio antiquado do bolso dentro do casaco e olhar a hora... Mas ele não faz isso. — Embora eu tenha atrapalhado bastante o progresso dele, seu marido é um homem dedicado e logo estará aqui. — Ele olha para Gwendy com o mesmo carinho cintilando nos olhos. — E aí vocês dois vão despachar as malas e subir aos ares e ter uma vida longa e próspera juntos.

— Se a gente conseguir enfrentar aquela fila — diz Gwendy, brincando.

— Que fila? — pergunta ele.

Ela levanta o rosto e aponta.

— Aquela.

A PENA MÁGICA DE GWENDY

Mas agora não tem ninguém na frente da cabine de despacho de mala. Ninguém.

— O que...?

Quando ela se vira para o banco, Richard Farris sumiu.

Ela fica de pé e olha em volta... Mas ele não está em lugar nenhum. A calçada e a rua estão vazias. Ele sumiu no ar. Mas não sem deixar um presente de despedida para ela.

Em cima da mala de mão de Gwendy há uma pequena pena branca bem familiar.

72

— Tudo pronto — diz Ryan, atravessando a rua correndo. Eles pegam as malas e seguem pela calçada até o despacho das malas.

— Por que demorou tanto? — pergunta Gwendy.

— O elevador estava quebrado. Tive que descer os três andares a pé. Aí, percebi que tinha esquecido de trancar o carro, e tive que subir tudo de novo.

Gwendy ri.

— Meu preocupadinho.

— Aprendi com você — diz ele, mostrando a língua para ela.

Ela coloca a mão no braço dele e o faz parar, séria de repente.

— Eu estava pensando no que você falou. No carro.

Ele olha para ela sem entender.

A PENA MÁGICA DE GWENDY

— Você estava certo. Quando eu chegar lá amanhã, vou ouvir e aprender e fazer o meu trabalho. Vou fazer o que for preciso. Pelo tempo que precisar.

Ele se inclina para tão perto dela que suas testas se tocam.

— Essa parece a Gwendy Peterson que eu conheço.

— Como posso ajudar, pessoal? — pergunta o homem sorridente na cabine.

— Nós estamos no voo 117 — diz Ryan, olhando os papéis. — Está marcado pra decolar às três e dez. Nós gostaríamos de despachar três bagagens, por favor.

O homem pega uma prancheta e escreve alguma coisa em uma folha de papel.

— Posso ver seus documentos, por favor?

Ryan pega a carteira e mostra a habilitação para o homem. Gwendy pega a dela no compartimento lateral da bolsa e a empurra pelo balcão. O homem pega ambas, verifica os nomes e as devolve.

— Tudo certo — diz ele. Vai para trás da cabine e coloca as malas nos carrinhos enormes. Solta o walkie-talkie do cinto, aperta um botão e diz: — Voo 117, coleta de bagagem. Vem buscar, Johnny.

Uma voz abafada responde:

— Entendido, chefe, já estou a caminho.

Gwendy e Ryan saem andando pela calçada na direção do prédio principal, mas Gwendy se vira depois de

A PENA MÁGICA DE GWENDY

alguns passos e volta até o carrinho de bagagem. Joga a bolsa de mão vazia junto com as outras. E enfia a mão no bolso do casaco.

— Toma aqui, moço. Feliz Ano-Novo. — Ela joga algo para o homem dentro da cabine.

Ele levanta a mão e pega o objeto. Ao olhar para a moeda de prata reluzente com a cara virada para cima na palma da mão, seu rosto se ilumina.

— Olha só, muito obrigado, moça.

Gwendy ri. Ela se vira, segura a mão de Ryan e eles entram no aeroporto juntos.

AGRADECIMENTOS

Bev Vincent leu a primeira versão deste livro curto e, apesar da agenda cheia, deu um feedback valioso em tempo recorde. Bev também guardou o segredo e acalmou meu nervosismo quase que diariamente. Billy Chizmar leu a mesma primeira versão e me mandou e-mails do alojamento da faculdade no Maine com alguns conselhos simples que fizeram a história de fundo correr de forma bem mais suave. Como sempre, Robert Mingee pegou meus erros de último minuto e deixou meu material decente para ser visto publicamente. Brian Freeman e o bom pessoal da CD fizeram o que sempre fazem quando sumo na minha caverna de escrita por semanas seguidas: cuidaram das coisas e deixaram eu me concentrar nas palavras. Ed Schlesinger, da Simon & Schuster, entrou a bordo aos quarenta e cinco do segundo tempo e suas anotações perceptivas tornaram *A pena mágica de Gwendy* um livro bem melhor.

Tenho uma dívida com todas essas boas pessoas pela sabedoria e encorajamento de cada uma delas. Só lembrem que sou velho e teimoso, e qualquer erro que vocês encontrem são meus e só meus.

A PENA MÁGICA DE GWENDY

Também quero agradecer aos extraordinários artistas Ben Baldwin e Keith Minnion por voltarem para outra rodada de ilustrações e darem linda vida à história de Gwendy. Fiz a Gail Cross da Desert Isle Design dar os pulinhos dela neste projeto e, como sempre, ela teve desempenho brilhante.

Tenho muito que agradecer à minha agente Kristin Nelson por todo o trabalho árduo neste livro e por sempre perguntar "O que vem agora?".

Por fim, agradeço imensamente ao meu amigo Steve King, não só pela edição generosa e detalhada de *A pena mágica de Gwendy*, mas também por confiar em mim para voltar a Castle Rock e à vida de Gwendy Peterson.

SOBRE O AUTOR

RICHARD CHIZMAR É COAUTOR (com Stephen King) do campeão de vendas do *New York Times*, *A pequena caixa de Gwendy*. Seus livros recentes incluem *The Long Way Home*, sua quarta coletânea de contos, e *Widow's Point*, uma história arrepiante sobre um farol assombrado escrita com seu filho, Billy Chizmar, e que foi transformado em filme recentemente. Seus contos já fizeram parte de dezenas de publicações, incluindo *Ellery Queen's Mystery Magazine* e *The Year's 25 Finest Crime and Mystery Stories*. Ele ganhou dois prêmios World Fantasy, quatro prêmios International Horror Guild e o prêmio do HWA's Board of Trustees.

O trabalho de Chizmar foi traduzido para mais de quinze idiomas do mundo todo, e ele participou de inúmeras conferências como instrutor de escrita, palestrante convidado, panelista e convidado de honra.

Siga-o no Twitter em @RichardChizmar ou visite seu site: <richardchizmar.com>.

SOBRE OS ARTISTAS

BEN BALDWIN É ARTISTA E ILUSTRADOR e trabalha com uma variedade de meios, de fotografia e programas de arte digital a desenhos e técnicas de pintura mais tradicionais. Produziu designs de capas de livros e ilustrações de revistas para muitos clientes de todo o mundo, assim como pinturas e desenhos únicos como encomendas particulares.

KEITH MINNION VENDEU SEU PRIMEIRO CONTO para a *Asimov's SR Adventure Magazine* em 1979. Já vendeu mais de vinte histórias, duas noveletas, um livro de artes com suas melhores ilustrações publicadas, duas coletâneas de contos e um romance. Keith foi designer de livros e ilustrador desde o começo dos anos 1990 até os anos 2010, e fez muitos trabalhos de design gráfico para o Departamento de Defesa. Ele já foi professor, gerente de projetos do Departamento de Defesa e oficial da marinha americana. Atualmente, vive no Shenandoah Valley, na Virginia, fazendo pinturas a óleo e aquarela e às vezes até escrevendo ficção.

ESTA OBRA FOI COMPOSTA PELA ABREU'S SYSTEM EM BEMBO REGULAR
E IMPRESSA EM OFSETE PELA LIS GRÁFICA SOBRE PAPEL PÓLEN SOFT DA
SUZANO S.A. PARA A EDITORA SCHWARCZ EM MAIO DE 2022

A marca FSC® é a garantia de que a madeira utilizada na fabricação do papel deste livro provém de florestas que foram gerenciadas de maneira ambientalmente correta, socialmente justa e economicamente viável, além de outras fontes de origem controlada.